生命的感悟

飛機上的蚊子

徐揚生 著

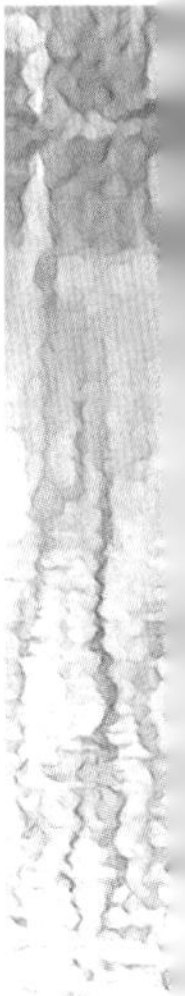

繁忙的都市人，
白天忙著工作，
就像為都市建造高樓，
晚上閒暇時，
翻翻這本小書，
就像在高樓中徜徉一池綠水。
湖水對高樓可能沒有什麼實際作用，
但如有一天，
小湖消失了，
你會驚覺生活中缺失了什麼。
小湖能給群樓以靈氣。

序言

我是十年前開始在內地工作的，經常有機會與學生在一起，常常在爬山、種菜、散步、打球和一起吃麵條的時候聊天，聊著聊著，同學們建議我把我所聊到的一些感悟和故事寫出來，放在微信公眾號裏與大家分享，我想也好，反正散文嘛，就是聊天。就這樣，我開始了在微信公眾號的寫作，兩三個星期發一篇文章，放在那裏供大家欣賞。

由於工作太忙，我常常在旅行中寫作，有時在酒店，有時在機場，有時因為倒時差，晚上睡不著覺，索性寫寫文章。這些文章大多是偶然浮現在腦海中的回憶，是一種體悟，一種我覺得大家或許能夠領悟的道理，有淡淡的故事，有輕輕的感悟，有淺淺的道理，讀起來不至於感到太沉重、太疲勞，像一陣輕風，一盞清茶，一顆青橄欖。

有一回，我到美國看望在那裏讀中學的兒子，事先我沒有告訴他，等到了他的寄宿中學時，已經很晚了，我不想打擾他，就在校園操場旁邊的一張椅子上，獨自坐了下來。那裏的風景很美，夕陽已經快落山了，天漸漸黑了下來，遠遠望著校園的風光，和來來往往的師生們的生活，非常享受。我們的一生很短，一生中的大多數時光是沒有燈光和月亮的黑夜，我覺得，在黑暗中，獨自找一個角落，安靜地坐在那裏，靜靜地看著這個世界，靜靜地聽著這個世界，是件特別美的事情。

這本書記錄的，正像那天我坐在操場角落裏所看到的、聽到的和想到的那個世界。*

徐揚生

二〇二四年三月

* 編者按：本書部分文章曾收錄於《先生的禮物》一書（徐揚生著，香港中和出版，二〇一八年）。

目錄

六塊餅乾

教育就是讓受教育者重拾自信。這個「自信」尤其在他感到挫折，感到氣餒時更為重要。如何讓他重拾自信呢？我想「尊重」這兩個字可能是最重要的。

那是一個初夏的早晨，下著大雨，我穿著蓑衣在田野裏幹活，突然間聽見有人在大聲叫我，我抬頭一看，是一位大隊幹部，讓我立即去公社一趟，我問是什麼事，他也不知道。我立即冒雨趕到公社，才知道是讓我去代課，在一所學校裏教英文和數學。

學校在小鎮後面的一個村裏，學校前面有一條小河，小河裏長滿了蘆葦，蘆葦叢裏總能看到很多鴨子。學校後面是一望無際的油菜花田，金黃色的油菜花在陽光下像鋪著金色的絨毯一樣。我教的是初一、初二的數學和英文，教這些課程不難，老師們待我很好。同時，我自己不用燒飯了，可以去附近的一家麵粉廠搭夥，去那裏吃飯和取熱水，還有大把的時間可以看書。

開始在初一班上上課時，我發現有一位坐在最後一排、個子高高、頭髮蓬鬆的男同學，他上課的時候總是注意力不集中，我一盯他，他就注意一點，但過一會就又去做別的事了。我了解了一下，這位同學姓C，是上一年級留下來的，成績不太好，上課經常遲到，作業經常不交，我看他每天總是捲起褲腳，赤著腳上學，應該是經常在農田裏幹活的。C同學比班裏其他同學可能年長一兩歲，所以看上去成熟一點，好像也還蠻懂事的，說話總是笑瞇瞇的，對老師也很有禮貌，所以我常常與他多講幾句。沒過幾天，他一見到我就遠遠地叫我，很親切地。我當時心裏就納悶：「這孩子挺好的，怎麼就是成績上不去呢？」

後來有一天早上，他急急地找到我寢室來，手上拿著一大把長豇豆，他說是他自己家剛採的，送給我吃。我不能收他的東西，何況我自己也不燒飯的，所以我連忙說：「不用了，你拿回家去。」我看他好像很尷尬的樣子。這時候，一位經常到我這裏串門的H老師來了，一看這個情況，他就開玩笑說：「噢，你給老師送東西來了！好呀！東西留下，分數是不會給你加的，知道嗎？」他當然是開玩笑的，但C同學的臉一下子就紅到了耳根，我急忙說：「別開玩笑了，他又不是要加分的。」看C同學窘迫的樣子，我也不好再推辭，又問了問他最近的情況，臨走的時候，我從抽屜裏取出兩塊從城裏帶來的餅乾給他，他很開心，立刻就放在嘴裏邊吃邊走了。

C同學的成績開始有所好轉。我上課時也故意多提問他，尤其是那些比較容易的問題，我故意多給他機會回答，他幾乎每個問題都能答得上來，我也很為他高興。緊接著有一次測驗，晚上我在閱卷時仔細看他的考試答案，還真是不錯，有五十八分，與他之前的成績比較起來已經有很大進步了，只是還是不及格。

第二天上午試卷改完發下去了，同學們都爭相看自己的試卷，詢問別人的分數，我特別留意到C同學，他一個人默默地看著自己的卷子，看起來悶悶不樂，那天課堂上他沒有以前那麼活躍，低著頭不吭聲。我上課的時候走過他的位置，不經意地發現在他練習簿封面上的任課老師（我的名字上）那裏有一個很大的紅叉，紅色的叉在那個年代意味著是「壞人」。我心裏一緊，原來他現在把我看作「壞人」了，他大概覺得我是可以「幫」他的，但沒有幫，所以，我一定是個壞人。

之後，我找了幾個同學來我辦公室幫我改全班同學的作業，我故意把C同學也叫上。同學幫老師改作業有很多益處，改人家的作業可以加深印象，幫助自己不犯同樣的錯誤。C同學來是來了，但還是很不開心的樣子。等大家走了之後，我留住他，表揚了他，我說：「你的數學進步很快，這是你在學校最好的一次考試成績，是很不容易的。」他沒有說話。走的時候，我從抽屜裏取出兩塊餅乾給他，我說：「這是獎勵你的。」他拿在手上，低著頭，也不道謝，離開了我的辦公室。

C同學的成績一直在進步，可貴的是他上課特別專心，作業也每天按時交了，上課還主動提問，我從心裏為他高興。他也經常來我寢室問問題，似乎已經忘記了以前的事。到了期末考試，他考得非常優秀，我記得是九十二分，我在課堂裏分析試卷後還點名表揚了他，我看他也很興奮，把那張試卷翻來覆去地看。課後我回到自己的寢室，他跟了過來，我又表揚了他這次考試的表現，沒想到他的眼裏閃起淚光，輕輕地對我說：「徐老師，我對不起你。」我連忙說：「什麼事？」他說：「我在你的名字上打過叉，我在同學那裏說你是個壞人。」我一聽是那件事，連忙說：「沒關係的。」我勸慰了他一會兒，又給他拿了兩塊餅乾，我說：「你是一個誠實的孩子，我要感謝你。」

那天，他在我宿舍聊了不少，後來我又陪他走出校門，沿著學校前面那條小河，走了很久。正是黃昏的時候，村民們在趕著鴨子回家吃飯，山坡上開始升起縷縷炊煙。我說：「你趕緊回家去，把考試卷帶回家，告訴你爸爸媽媽，也讓他們高興高興。」但他說他爸爸在外地養蜂，終年見不到一面，媽媽也不會關心他讀書的事，就是告訴她她也不會在乎。說著說著，他的眼眶裏又湧出了淚水。他說他家很困難，弟弟妹妹多，現在又是青黃不接的時候，媽媽給小孩們吃的都是稀飯，一鍋飯裏的米很少，都是一些青菜和蘿蔔，小孩吃了以後，不一會兒就會餓，就會哭，所以他媽媽總是在吃完飯後立刻打發小孩們睡覺，這樣小孩就不會哭。所以，他根本沒有時間去做作業，只能在每天早上上課前胡亂寫點作業交給老師。我聽了心裏很沉重，從那時開始，我在準備教案時，總是在課堂上留出時間給學生們完成我這門功課的作業，這樣學生離開課堂後就不用再多花時間了。我後來在美國、中國香港的大學裏教書時也一直是這樣做的。

多年後，我回那個學校時見到了當年的老師們，他們告訴我，這位C同學一直對人家說，我給過他六塊餅乾，說這六塊餅乾讓他變了一個人。其實我心裏也很感謝他，他不僅告訴了我許多我不知道的事情，還教會了我應該怎樣批評和引導學生，讓我真正體會了做老師的快樂。

回顧幾十年的教學生涯，作為一個老師，如何指出和批評學生不對的地方有時候真的很難。大家都知道，學生要正面教育，沒有人願意接受批評，莊子云：「世俗之人，皆喜人之同乎己，而惡人之異於己也。」我們自己也不喜歡聽人家的批評，然而不對的地方，還得指出來，這對於每一個老師來說都是個挑戰，所以有時候，我常常感到兩難。

教育的本質是什麼？我的理解是，教育就是讓受教育者重拾自信。這個「自信」尤其在他感到挫折、感到氣餒時更為重要。如何讓他重拾自信呢？我想「尊重」這兩個字可能是最重要的。每一個孩子都有自尊心，這個自尊心是如此珍貴，以至於在任何情況下，我們都不能傷害它。

從前我看過一個故事，說是在日本的兩兄妹，父母早亡，兩兄妹相依為命，後來哥哥投奔一家寺廟當和尚，而妹妹在城裏打工。二十來年後，哥哥成了譽滿全國的禪師，妹妹也靠自己的努力建立了家庭，生了一個兒子。可惜的是，這個兒子好吃懶做，不去讀書，整天結交一些地痞流氓。妹妹給遠方的哥哥寫了一封信，問他能不能幫她教教這個外甥走上正路。這位禪師有一次路過妹妹的城市，在她家住了幾天，妹妹想這下好了，哥哥一定能開導一下她的兒子，可是幾天下來，禪師一句話也不說。臨走時，禪師在門口取鞋子，彎腰繫鞋帶，繫了幾次繫不好，外甥一看，過來幫助舅父繫鞋帶，繫完後，舅父輕輕地感嘆道：「年歲大了，做什麼事都很困難，凡事要趁年輕啊！」就是這麼一句輕輕的話，這位年輕人聽進去了，從此痛改前非，蛻去過往的惡習，做出了自己的一番事業。

人的一生就像一隻偏心輪，輪的外圈是正常的圓，而內圈是偏心的，我們走的每一步就像裝在內圈的軸，相對於路面，有時候會走高，有時候會走低。做老師的，做朋友的，我們就是要在他走低時，俯下身子，扶他一把，撐他一把，給他一點耐心，使他的輪子能夠轉過去。輪子的轉動有外部因素，比如說路面的環境和外面的動力，也有內部的原因，比如說偏心輪上如果有足夠大的慣量，自己就能驅動起來。對一個年輕學生來說，老師也好，學校也好，對學生這隻輪子的作用，既管外部的環境，又管內部的慣量，這就是為什麼我們說教育對一個人的成長是重要的。

我還記得離開學校的那一天，一大早我就背著好幾個大行李包裹來到汽車站，買票的時候，那個售票員是和我在同一個廠裏搭夥的，彼此面熟，他告訴我有一位學生已經幫我買好了票，我吃了一驚，問他是誰，他也不清楚，只說學生買票的錢都是皺皺巴巴的零錢。我也想不到是誰，因為班裏很多同學都知道我要走了。等了一會兒，車來了，我把行李放上車，坐在車上，我往村裏的方向望過去，漫山遍野是金黃色的油菜花，突然遠遠地看到高高的鐵路上站著C同學，還是穿著那件黑色的衣服，赤著腳，一隻手拚命地向我揮著，另一隻手牽著他妹妹，妹妹的花頭巾迎風飄得高高的。

擺渡人

感恩每一位渡過我們的人，再努力地去渡別人。渡船，渡人，生生不息，這就是人間追求永恒的尺度。

我下鄉在一個臨大江的小村，江的對岸是一個小鎮。所有的交通工具包括火車、汽車都必須從小鎮出發步行幾里路才能找到車站。小鎮又是公社的所在地，這在當時是農村最基層的權力機構，因此有很多的會議在那裏舉行。這樣，小鎮就成了周邊很多村莊的活動中心，雖然小鎮其實就是一條只有幾家店舖的小街，但當時還是挺熱鬧的。

從村裏到小鎮去，中間隔著一條大江，當時沒有橋，必須靠擺渡。擺渡人是我們村的一位老人，他每天的工作就是擺渡，計我們村的工分。因為日曬雨淋、日夜兼程、工作辛苦，村裏允許他對每位渡河者收費兩分。這位擺渡人，大家都叫他S叔，個子較高，有點駝背，人還是挺壯實的，細細的眼睛，臉上沒有表情，比較沉默寡言，常常是在他船上和他講不過一兩句話，即使他同你說話，眼睛也是看著大江，望著遠處，一副愛理不理的樣子。S叔總穿著一件黑色的舊棉衣，可能是因為年歲較大，或者是因為渡口的風緊，他總是穿得比別人要厚一點，特別的是，他腰上總還繫一條紅花的圍裙，有點像人家主婦燒菜時用的那種短的圍裙。這圍裙顯然不是他自己的，不知是哪裏拿來湊合著用的，渡口的風大，把身上近肚子的部位緊緊圍住，是擋風的一個好辦法。我在下鄉時也是深知其中的道理，只是這個紅花圍裙與S叔那副木然的老農樣子，似乎很不相配。

S叔有個兒子，年紀比我大幾歲，長得高大壯實，臉長得與他父親很像，細細的眼睛，但比他父親開朗多了，常常笑瞇瞇的。他兒子有時也會來替他父親擺渡，坐在他兒子的船上，大家的話就多一點，一般總是以一句話開始，「今天你替你爸爸來了！」、「是啊，讓他歇會兒。」他兒子有一隻小小的收音機，這在當時是很珍貴的東西，質量不是太好，找過我幾次，幫他簡單地修一下。

時間一久，我才知道他母親在他很小的時候就過世了，所以S叔既當爹又當媽，把兒子拉扯長大，確是很不容易的。因為很早就喪妻，生活又那麼艱辛，所以S叔的表情總是很木然。但他又是很有善心的人，我遇到過幾次，當人們都圍在渡口爭先恐後地想要上船的時候，他總是一臉嚴肅地說：「小孩和婦女先坐船。」這種時候，即使有村幹部在等，他也是不留情面的。他還有一個特點，就是總能記住村裏哪個人今天渡船去小鎮了晚上還沒有回村，哪怕再晚，他總會在那裏等著。

有一天，早春季節，田野裏的油菜花已經開了，我從公社開會回村，走著走著天就黑了，村裏的人睡覺很早，從江的對岸向村裏方向遠遠望過去，黑壓壓地，像一片墳地，看不到一絲燈光。風很大，我想今天糟糕了，這麼晚了，如果沒有渡船我可回不了村了。到岸邊一看，那個方頭的渡船還在，斜漂在水面上，很像「野渡無人舟自橫」的樣子。S叔不在船上，我心裏有點慌，我想他或許不知道我會回來。再一想，渡船在，說明擺渡人應該在的。等了一會兒，S叔走過來了，我趕忙謝謝他，他也不說什麼，讓我上船後，他就開始撐船。

那天晚上的風實在太大了，搖了十幾分鐘，船駛出大概幾十米的光景，整個船就原地打轉，幾乎不前，根本搖不動了。而且因為浪很大，我無法坐穩，站著更加不行，於是就爬到S叔旁邊，蹲著，他身旁的那盞風雨燈也被吹滅了。一個大浪過來，整個船就像要翻倒一樣。S叔緊緊抓住我，低聲說了一句「沒事，坐穩。」再過了十來分鐘，我看他緊鎖著眉頭，說：「咱們回去吧。」意思是不要強行過江，我當然只能聽他的。好不容易回到原先的岸邊，把船繩繫在岸邊的大石頭上，我倆坐在渡口的茅草房裏，S叔重新點亮了風雨燈，開始抽煙了，我靜靜地坐在他身旁。

他是個不愛說話的人，我們倆就這麼靜靜地坐著。我說：「這兩天看不到你兒子，他上哪去了？」他沒有吭聲，過了一會兒說：「你可能不知道，他去鄰村『進鎖』了。」「進鎖」在紹興話裏指的是過女方的門，做上門女婿的意思。「啊！他結婚了？！」我由衷地為他們高興。S叔表情依舊木然，沒有喜氣，淡淡地說：「以後就不來了，渡船很辛苦，那個村裏生活好一點。」再後來，他有點感慨地說：「我這裏就像渡船，他媽媽十二年前過世，我把他拉扯長大，現在給他送上岸了，有好的地方去了，也了了我的心願。」

我突然明白了S叔悲涼的心情，我也找不出什麼話可以同他說，那個時候，我很想遞給他一支煙抽，但我身上沒有煙，我是不抽煙的。

過了許久，風小下來了，但雨下得很大，S叔從茅屋裏拿出一領蓑衣，應該是他兒子平常穿的，他讓我穿上，我們就慢慢地搖著船，回村裏去了。

後來，我去外村教書，偶爾回村時還會坐S叔的船，但再也沒有見到過他兒子。

其實，現在想來，人生很像擺渡，我們的一生中要經過很多次的擺渡。起初時，家就是我們的渡船，父母把我們接上船，拚命地抵擋著風雨，把我們送到對岸。後來，學校也是我們的渡船，老師把我們接上船，從一個個不懂世事的毛頭小子蛻變成知書達理的成年人，把我們送到稱之為「社會」的岸邊。我們的父母、老師、朋友、上司甚至是路人，都可能是我們某一段重要旅途中的擺渡人。

每個人在自己的一生中會遇到無數個擺渡人，同時，也會為無數個其他人擺渡，這個擺渡的過程，就像一條鏈子，一環接著一環，生生不息，隨同著時代的潮流，一直向前走去。

是的，我們的家，是最早的、也是最重要的「渡船」。我們的父母含辛茹苦把我們培養成人，再送我們上大學，從此回家變成了偶爾的探親。我自己就是這樣，上大學之後，回老家愈來愈少，後來到了大洋彼岸，那時交通不便，回家更是難得。到後來，每次我回到老家，見到父母，他們的第一句話總是：「你什麼時候走？」這句話聽上去很平常，但其實很難回答，我知道他們不願聽到我真實的答案，即使我明天要走，也不能這麼說，但我也不能騙他們，所以，很是為難，總是支支吾吾，想辦法把問題含糊一點。有人說，當兩個人一見面就擔心將要分別的時候，可能說明這兩個人已經愛上了。我的父母對我就是這樣的，他們總擔心我要走，好不容易盼到見面的一天，又要走了！

再過兩個月，就到了大學一年一度的畢業季，我校的第一屆本科生就要離開學校了。這批學生，因為是「黃埔一期」，所以感情就格外深一點，我幾乎都知道他們從哪裏來，現在怎麼樣。他們每一個人的檔案都在我辦公桌左邊，四年沒有放回過抽屜，因為我要時不時地看看那位同學的狀況。現在，很快就要畢業了。昨天，在校園裏見到一位同學，她在老遠的地方就同我打招呼，我看到她感到都快認不出來了。我還記得她來報到時的樣子，碎紅花的衣服，旁邊跟著一大群人，我問她「這些都是什麼人」，她有點驚嚇，都不回答我的話，後來才知道，那是她的爸爸、媽媽、奶奶和小弟弟。一看就知道這是個農村家庭，是坐了十幾個小時的火車過來的。把這位同學送到我們這樣的大學，當然是家裏的一件大事。我記得她爸爸同我說：「我把孩子交給你了。」

是的，他們的渡船已經到岸了，這孩子坐上了我們的渡船。

時間過得真快，現在這位同學就要畢業了。我問這位同學的去向，她說她已被一所美國的和一所英國的著名高校錄取為研究生。我心裏著實為她高興，我問她：「你什麼時候走？」

當我說這句話的時候，心裏不禁「哎呀」一聲，這句話怎麼這麼熟悉？怎麼現在就到了我說這句話的時候了？

朋友，你別笑，每個人都有這個時候。因為，我們每個人都坐過別人的渡船，同時也為別人撐過渡船。

也許，從整體講，人生就是一次擺渡，大家擠在一條渡船上，有時歡笑，有時爭吵，不一會兒，到對岸了，大家都匆匆忙忙上岸各奔東西，走自己的路去了。

人的生命是有限的，就像擺渡的時間是有限的一樣。沒有永恆，但我們可以有追求永恆的態度，正像大江口的渡船，一代代擺渡人。感恩每一位渡過我們的人，再努力地去渡別人。渡船，渡人，生生不息，這就是人間追求永恆的尺度。

我現在還記得我最後一次坐S叔的渡船的情景。那是一個早晨，送我的一批農友早早地把我的行李鋪蓋搬到渡口，上了船後，S叔問我「今天就走了？」我說：「是。」到岸後我給了他兩分錢做船費，並向他道謝，誰知他一定不肯收。我知道S叔是全村公認的小氣鬼，村民們說他平常不肯接人家一支煙，就怕村民們藉此不付他的船費。我知道這船費對他來說特別重要，所以，我想還是應該付他。然而，這回他可是死命不肯收我的錢，來回爭了好幾次，最後我也只好順著他了。

我背起行李，離開渡口，回頭望了望對岸我的那個村莊，縷縷炊煙從村子裏黑黑的屋頂上縈繞在半空，跟雲彩連成一片。我又看了看S叔，他站在方頭的渡船上，還是穿著灰裏的棉衣褲，腰上圍著那塊紅花的小圍裙，一手護著船撸，一手揮動著他的竹編的帽子，在與我道別。

頭未梳成不許看

修行究竟是什麼？
我現在粗粗地看，
人的修行大概就是
不斷地自我找錯，
不斷糾正，
不斷完善自己的功夫。

清代杭州有位詩人叫袁枚，曾經寫過一首詩，名為《遣興》：

愛好由來落筆難，
一詩千改始心安。
阿婆還是初笄女，
頭未梳成不許看。

袁枚這裏講到的老婆婆梳頭，我小時候是經常看到的，我祖母就是梳這種江南老太太慣有的圓形髮髻（不知其學名）。小朋友們家裏的老太太們都是這樣，頭髮光亮光亮的，一根頭髮都不亂。有時候早上去找小朋友玩，老太太總是在樓上，我們在樓下，我問：「你奶奶怎麼不下樓來呢？」我朋友回答：「她在樓上梳頭，頭沒有梳好是不會下樓的。」梳頭，對江南的老太太來說是一種莊重尊貴的象徵，來不得半點馬虎。

袁枚用梳頭比喻寫詩寫文章，十分貼切。無論中文，還是英文，無論科技論文，還是文藝作品，好的文章，一般是經過反覆修改後凝練出來的。所以，寫文章沒有什麼學問，就是「改」，「再改」，「再改改」……一個好的寫作習慣就是，寫完文章後，把它放在抽屜裏，耐心地擱一陣，有時候，你晚上寫文章，感覺極好，心想不如明天一早就去發表，等到第二天早上一看，處處都是疑問和不足，心想：哎呀！幸虧昨天沒有拿出去給人看，否則多難為情。所以，我對學生講，儘量不要與別人分享未完成的作品，要像江南老太太梳頭一樣，一絲不苟，頭未梳成，絕不讓你看。

寫文章一定要有「頭未梳成不許看」的精神。古人講「善作不如善改」就是這個道理。正如袁枚詩中所寫，阿婆估計也已梳過幾千遍頭了吧，否則，怎麼做「阿婆」？但她每次梳頭都當做初次梳頭那樣認真，沒有梳成，沒有梳到自己滿意的狀態，她是輕易不下樓，不許人看的。這是一種精神，認真嚴格的精神。也是一種尊嚴，既尊重別人，又莊嚴自己。

有一次，一位博士生寫了一篇論文，很長，我改了幾天，雖然還不錯，但總覺得不想馬上寄出去發表，於是就放在抽屜裏。這位學生心很急，老是來問：「教授，能否寄出去發表？」我說等一等吧。再過了陣，這位學生拿了兩頁紙來，說這是新的研究結果。我一看，發現非常好，同樣的問題用非常簡單的方法解決了。於是就建議拿這兩頁紙的論文代替那篇長文發表，他也非常高興。此事說明，有時候，寫文章是需要等一等，擱一擱，讓時間過濾一下，檢驗一下，再拿出去發表的。

據說十九世紀法國作家莫泊桑在未成名前，帶著一篇文章去見當時已經成名的作家福樓拜，一進書房，看到福樓拜桌子上有厚厚的文稿，奇怪的是每頁紙只有一行，其餘九行是留著空白的。莫泊桑問：「您這不是太浪費紙張了嗎？」福樓拜說，「親愛的，我一直這樣，其餘九行是留著修改用的，不會浪費。」莫泊桑聽了都不敢把文章拿出來，立即回家，趕緊修改起來。後來，莫泊桑成了法國的著名作家，我也看過不少他的短篇小說。

其實，修改自己文章的過程本身就是一種做學問的方式。對自己的作業、作品去「改錯」是一種重要的功夫。學會了這種功夫，就會養成嚴謹的作風，不僅對做學問，對其他工作也是終生有益的。

家鄉有一位先生，你給他看作業，他只告訴你有沒有錯，但不會告訴你錯在哪裏。他會笑瞇瞇地對你說：「今天作業做得不錯，還有點小錯誤，自己去查查，看錯在哪裏。」這對一位小學生來說其實很難，有時會把對的那題又改成錯的，就這樣一遍一遍地修改，那時是多麼希望老師能告訴你錯在哪裏！然而，他就是不告訴你。

「自我找錯」這個方法非常有意義。一方面，自己找到的錯誤，印象深刻，使自己不會再犯，這與人家為你找到的錯誤不一樣，得之易者，失之亦易。另一方面，讓你養成一個習慣，時時處處查找自己的不足。在學校裏，有老師給你的作業打叉打勾，你離開學校參加實際工作後，是沒有人給你打對錯的，你需要自己有悟性，找出自己錯在哪裏，從而糾正自己的錯誤。

「自我找錯」為什麼會那麼難呢？一方面是由於錯誤往往與真理差別不大。泰戈爾說過：「錯誤是真理的鄰居，因此它欺騙了我們。」文章中，有時候多寫或少寫了一句話，整篇文章就會差之千里。正因為如此，「嚴謹」的習慣對於一個人來說是何等重要。另一方面，人有一個奇妙的特性，喜歡把自己的錯誤縮小看，而把別人的錯誤放大看。因此，人們會把前面所述的本來已經很小的差別，自動縮小到根本找不到的程度。也正因為如此，在這個世界上，隨處可見許多愚鈍的人能夠敏鋭地發現別人的過錯，而許多聰明的朋友卻永遠發現不了自己的哪怕多麼明顯的錯誤。

很多年以前，有一位香港朋友在閒聊中問我：「修行是什麼？」我覺得很難回答。大家都說「人生就是一次修行」，然而，修行究竟是什麼？我現在粗粗地看，人的修行大概就是不斷地自我找錯，不斷糾正，不斷完善自己的功夫。這裏有兩重意思：第一，每個人都不是完美的，但我們可以努力糾正自己的不良習慣，不斷提升自己的內涵，使自己在離開這個世界的時候，比來到這個世界的那個自己更加完美一點；第二，這種完善的過程，只能靠自己，不能靠別人，要靠自己去悟，靠自己去學。這兩重意思與江南老太太那種不斷梳頭、不斷照鏡子，一遍遍地梳，頭未梳成不許人看的精神，是一致的。

飛機上的蚊子

把自己的生命
淋漓盡致地燃燒起
來，趁年輕，無所懼，
去體驗，去創造，
去追逐自己的夢想！

某次從香港飛往舊金山，那天的航班在傍晚，天氣極為悶熱。經過漫長的安全檢查之後，終於登機。涼風習習吹來，頓覺舒暢。當我拿過服務員送來的報紙開始閱讀時，突然發現身邊有一隻蚊子！哪來的蚊子？飛機上居然有蚊子！趕來趕去，這隻蚊子卻還精神抖擻，根本趕不走牠。

飛機的窗是打不開的。我想這下可慘了！這隻蚊子大有可能要陪我們度過一個晚上，去美國了！不幸啊！不知是誰把牠帶上來的，使牠可能再也無法飛回自由的天空。牠也是幸運的，不用買票就可去美國免費旅行一趟，更何況有那麼多來自世界各地乘客的「佳餚」供牠享用。

然而，我進一步想，這隻蚊子到了美國之後怎麼辦？一般情況下，牠還是找不到出口，極有可能牠還得由原飛機返回。哎呀！好不容易出了一回國，也不到外面去看一下，就回來了！

正當我在想著這隻蚊子的時候，電話來了！我一看是一位久不通訊的老同學，立即接通。這位老兄，我上次見到他還是在二十年前，在美國東部的一座城市，平時也不常打電話。我匆匆回覆他，因為我知道飛機要起飛了，電話應該關了。

起飛很平穩，我的思路還在那位老兄身上。前次見他是他來美國做訪問學者期間，兩年期滿，即將回國。他說，在美國那兩年純屬浪費時間，每天在家看論文，編程序，做研究，導師一年中也見不了幾次。我說：「你至少英語有點長進吧！」他說：「哪裏有啊！我每天最多與送外賣的打電話，能講上一兩句英語，根本見不到人，我的英文還是原來在國內的大學裏學得多。」

「嗡……」那隻該死的蚊子又來了！我在不停地趕蚊子的時候，頓然悟到，我那位朋友在美國那兩年的訪問經歷，倒很像這隻蚊子，表面上是出國了，「物理意義」上也已經去了美國，但事實上，他哪兒也沒去，等於在原地。

仔細想來，其實我們大多數人在這個世界上也都有同樣的經歷，表面上去過很多地方，看過很多東西，也讀過很多書，但實際上根本沒有「體驗」真切的生活！就拿我自己來說，曾在杭州住過八年，到美國後，人家問我，杭州菜有哪些？我當時一句話也說不上來。因為我在杭州住了八年，吃了八年食堂，我所知道的也不過是大塊肉，炒青菜，最多還有紅燒獅子頭。況且，食堂做菜的可能也未必是杭州人，我根本沒有機會體驗真正的杭州菜。又比如，我去東京不下幾十次，但都是「三點往返」，從機場到開會的地方和附近的酒店，我甚至從不看東京的地圖，最多還會坐新幹綫，根本不知道東京是啥模樣的！我這種狀態，實非個例，恐怕大多數人都有同樣的經歷。

朋友，請回想一下，到今天為止的人生裏，你體驗了多少真切的生活？

體驗真切的生活，在這個世界上是一種奢侈。上帝看我們這些人，可能跟我們看飛機上的這隻蚊子一樣，覺得怪可憐的。讓你們去了一趟地球，做了一回人，到最後什麼都沒有體驗到！

其實也不是我們不想有真切的體驗，只是沒有機會。現代文明和社會的嚴格分工基本規定了每個人生下來後的生存空間，而人的一生又很短暫，衝破這種規定的空間又很難，這使得大多數人習慣了在規定的框框裏工作生活，不願意衝破這個框框，去體驗真實的生活。所以盧梭說：「人，生而自由，卻都生活在枷鎖中。」

就像你去星巴克，服務生會告訴你有什麼咖啡，有什麼餅乾，你只能在他講的這些東西裏挑選。你如果想喝烏龍茶呢？如果想喝點小米粥呢？對不起，在這裏是不可能的。很少人會決定離開星巴克，去尋找烏龍茶和小米粥。因為人們習慣了在這些有限選擇所構成的空間裏生活。這些有限的選擇，構成了一種「邊界」，使我們只能在這個邊界裏面的封閉空間裏做一點少得可憐的選擇與體驗。人們變得越來越善於妥協，善於適應，安於現狀，圓滑世故，安逸地苦度人生。生活上如此，思想上也是如此。

所以，人，在這個世界上匆匆度過一生，其實很可憐，其能選擇和體驗的，也無非像那隻飛機上的蚊子，是去咬經濟艙的乘客呢，還是去咬坐頭等艙的乘客？

當然，也有極少數的勇者，他們會無畏地去撞破這個框框，哪怕撞得頭破血流也要衝出這個局限的空間，去體驗生活，去追求自由。就像這隻飛機上的蚊子，如果牠真能鼓起足夠的勇氣，堅持尋找出路，毋寧衝出去而死，不願留在機上而生，也說不定能在飛機停留的時候，衝出機艙，呼吸到自由的空氣。

蚊子那種勇於衝出機艙去體驗生活的追求，在我看來，就是真正意義上的「創新」。創新是什麼？創新就是那種勇敢地摒棄平庸，打破習俗，奮力衝破思想的枷鎖，追求自由和創意的精神。

創新是一朵長在懸崖上的海棠，是為有勇氣的人開放的。為什麼勇氣對現今的世界格外重要？因為我們這個社會一直在過度獎勵那些小心翼翼的價值觀，對於任何事情都患得患失。我們不是在追求成功，而是因為我們害怕失敗。我們怕犯錯，怕失去社會的尊重，因而迴避挑戰，選擇舒適與安逸，失去了在犯錯後更好地認識自己，使自己更加完整，更加強大的機會。如果這樣，我們就會失去創新的機會，對新技術的產生是如此，對新思想的發源也是如此。

人生就像一條階梯，一步步地走在人家已經設計好的台階上。從小學開始，學習，考試；考呀考，考到初中；考呀考，考到高中；然後，就是萬人必過的獨木橋——高考。再按自己的高考成績，在很窄的範圍內選擇一所大學。再讀四年書，畢業後可以繼續深造，或者就走上社會，開始煩惱工作問題、房子問題、家庭問題、子女問題和名利問題。一晃突然發覺自己已經老了，發覺自己一直走著人家的路，看著人家的眼色，做著人家的事，沒有自己真正的生活。我母親退休前曾給我打了一個電話，那時我在美國，她說：「我覺得做人才剛剛開始，怎麼都快結束了。」

人的一生很短，蚊子的一生更短，與地球的壽命相比，都是可以忽略不計的。珍惜生命吧！把自己的生命淋漓盡致地燃燒起來，趁年輕，無所懼，去體驗，去創造，去追逐自己的夢想！

我與書法的緣分

凡事因緣而遇，
因情而聚，
因惜而久，
因愛而暖，
與書法這五十年來的
交往，
實屬是一段奇遇。

「緣分」，這個詞很妙，我們中國人常對那些搞不太清楚的事情，一言以蔽之：「緣分啊！」其實，世上凡事皆有偶然性，而究其本質，又都有必然的因素存在。書法於我，從頭算起，至少已有五十年了，我想，對一件事，可以執迷五十年，不停不斷，無怨無悔，不求名利，廢寢忘食，這其中好像確乎有緣分的存在。

我與書法的緣起，還得從我的祖母說起。我出生在浙江紹興城內，童年的時候，我和祖母在一起生活，我常常纏著她給我講故事，有時候故事講完了，我還覺得意猶未盡，嚷著讓祖母再講新的故事，可祖母哪裏有那麼多新的故事啊！她被我纏得沒有辦法，有一天，從天井的花壇裏取來一塊青磚做的地坪，在旁邊擺上一碗清水和一支毛筆，教我在青磚上寫毛筆字，寫上一會兒水跡就乾了，這樣就可以不用墨汁，不用紙張，無窮無盡地寫下去。我好生喜歡，一來不用買墨；二來很乾淨，不用擔心墨水把手搞髒了；三來修改方便，哪一筆寫得不順意，重寫一個就行。慢慢地我就迷上了寫字，覺得寫字很是好玩，有時候搞來一本字帖，一本書或者一張報紙，就依樣畫葫蘆地照著上面的字寫起來，那時候，我認識的字不多，也不知道什麼意思，只覺得好玩極了。一直到我上了小學，放學回家後的第一件事還是在青磚上寫字，不知不覺地，毛筆已經被我寫壞好幾支了。祖母也喜歡看我寫字，她時不時會走過來誇獎我：「這個字寫得好。」她的欣賞是以「穩」為主，只要是寫得「穩」的字，她都喜歡。所以，祖母是我書法的啟蒙老師。

祖母給的這塊地坪，雖然給我的書法起了個頭，但後面如果按現在這樣正常地上小學，接受學校教育，那書法與我的緣分，還是會擦肩而過。殊不知，沒過多久，「文革」就開始了，無論是街頭、校園還是機關單位，鋪天蓋地都貼滿了大字報，一排一排地掛著，十分壯觀。那時學校的課也幾乎都停了，我年紀尚小，也不用參加什麼活動，家裏也沒有什麼人管，於是經常上街看大字報，看大字報的時候，我就找字寫得好的看，內容是什麼也不在乎，事實上也很少看得懂，有時候看到一兩個我覺得寫得好的字，就記在心裏回家在地坪上學著寫。那時候，大字報的「書法」水平可能不亞於現在的許多書法展覽，技法之高，風格之美，章法之瀟灑，氣勢之宏偉，十分令人著迷。可能沒有人會想到，在那個多災多難的年代，那些令大人們膽戰心驚的大字報竟會成為一個小孩子學習書法、親近書法的途徑。

有一回，我在紹興市委所在的勝利路上看大字報，突然傳來一聲尖叫，一大群手持鐵管，頭戴藤帽的造反派衝了過來，頓時所有人都四散而跑，磚頭和碎石子擦著頭頂飛過。我拚命地跑，邊跑邊喊祖母，一直跑到鯉魚橋附近才找到祖母，祖母也在找我，她沉重地對我說，從現在開始不許去看大字報了，保命要緊。

等我上中學的時候，已經是「文革」後期了，政治運動一個接著一個，那時主要把大字報貼在牆上，也可當做壁報，叫作「大批判專欄」，每個單位、每個部門都要寫。我那時常常被學校叫去寫壁報，或者在美術室裏寫毛筆字或做美工設計。在一起寫壁報的有不少老師，那時的老師書法水平非常高，其中有兩位老師對我的影響很深，其中一位是紹興一中的周介康先生。周先生常常穿著一身整潔的中山裝，戴著一副金絲眼鏡，看起來神情自若。他擅長行書和隸書，行書是二王的底子，飄逸瀟灑；隸書是漢隸風格，俊秀高雅，真是字如其人，我非常喜歡他的字。他也很喜歡看我寫字，常常點撥我，每天放學，我就和周先生一起寫大字，與他比較親近，他是第一個真正告訴我臨帖是很重要的人，他要我臨歐陽詢的《九成宮醴泉銘》，我臨帖後，感到大有所獲。有一次我問他，為什麼無論是大字還是小字他都能寫得很好看？他告訴我說要多練「大筆寫小字」，鼓勵我用大號的毛筆寫小楷，練久了之後無論寫大字還是小字都會很有神韻，練習一陣後發現果然如此。往後我在寫字的時候常提醒自己，寫小字要寫出大字的氣勢磅礴，寫大字要寫出小字的精緻典雅。

在中學裏對我影響較深的還有一位老師，也姓周，是我們班的語文老師周文奎先生。周先生不苟言笑，是一位嚴肅的老師，擅長寫大幅的字，他的行書是以趙孟頫為基礎的，寫法很流暢，最可貴的還是他的隸書，每個字都雄渾有力。一般人寫隸書，都是寫一幅幾個字或十幾個字的大字，他常寫一幅幾百個字的長文，我開始很驚奇，仔細看來，極為喜歡。後來我自己也喜歡用隸書寫榜書，長篇大幅，氣勢壯觀。

中學期間，我還認識了一位老師，是另外一所中學的，名叫沈定庵，是當時紹興比較有名的書法家。許多店門的招牌都是他寫的，他的夫人是我們小學的老師，我們都很熟悉，因此有時間也會到沈老師家裏去討教書法。沈老師的隸書功力相當深厚，他是學伊秉綬的，書法剛勁有力，樸實高古。在他的隸書中，我看到一個非常妙的東西，就是隸書可以寫成「豎長體」。自漢隸始，隸書通常都是橫扁的，但我從沈先生那裏看到，隸書是可以寫成豎長的，隸書寫長之後容易將楷書的優點融進來，尤其是在寫榜書的時候，可以把氣勢寫出來。受到啟發後，我花了很長時間練習長隸。

我能與書法結緣還有一層原因，那就是這幾十年來我一直能夠接觸到一些優秀的碑帖和許許多多近現代書法大家的作品。這也不能不說是一個奇緣，既有客觀的原因，也有主觀的原因。

在書法的諸多書體中，我最早接觸到的是隸書。那時在我老家有位姓周的開筆先生，我在他家裏看了很多碑帖和大家筆墨，他收藏了許多隸書的碑帖，有漢隸的碑帖，也有明清的字帖，其中鄧石如的字帖對我的影響最大。鄧石如是安徽人，他的書法剛毅清秀、古樸端莊，隸中有篆、有楷，雅俗共賞，在漢隸之後起到了承前啟後的作用。另一位對我影響比較大的人物是趙之謙。趙之謙是我的同鄉，紹興人，他是一位了不起的金石學家、書法家和畫家，他在楷書、魏碑、隸書和行書方面的造詣很深，他把楷書、魏碑都融於隸書之中，厚重不失飄逸，古樸又帶有真趣。從對鄧字與趙字的研究中，我發現各種書體之間是可以互相汲取精華的，這對我後來的練習很有幫助。把隸書寫得既有法度，又有趣味，十分不易，後來在日本看到不少清代隸書大家的作品，像是鄭谷口、陳鴻壽、伊秉綬、金冬心的作品，清代的隸書對中國書法史有自己的貢獻，陳鴻壽的奇趣，伊汀州的剛勁，金冬心的古樸，鄭谷口的飄逸，從他們的字中，可以看到他們各自的個性、志趣與涵養。

另一種我接觸比較早的字體是魏碑。我和魏碑的緣分是在下鄉的時候結下的，每次回城的途中我都會經過一個叫東湖的地方，東湖是會稽一處著名的景點，「東湖」那兩個字就是紹興的一位鄉賢陶浚宣先生用魏碑題寫的，陶先生據說是陶淵明的後人。陶先生的這兩個字寫得非常漂亮，後來我專門拍了照，回家照著去寫，但無論如何都達不到那樣的狀態。我一直喜歡魏碑，看得多，寫得少。我真正開始重視魏碑是在接觸了于右任和李叔同的字以後。于右任是民國時期的草書大家，但我更喜歡的是他的行書，他的行書裏有一種非常強烈的魏碑特質，他的行書是站得住腳的，不管站得多遠，一眼望過去，每個字都能立得住。「站得住」也是紹興一中的周介康先生教我的，他總是說，看一個字好不好，要把這個字掛起來，走遠，遠遠地望過去，如果這個字還能站得住，那麼這個字就算是好的，後來我父親也同我講過同樣的話。每次給大橋或者店面寫榜書的時候，我都會想到這一點，力求讓寫出的字站得住腳。另一位我十分喜愛的書法家是李叔同先生，就是後來出家的弘一法師，他前期的書法深受魏碑影響，我因為喜愛他的書法而追尋到魏碑，追尋到張猛龍碑，從而把魏碑的風格逐漸引申到寫行書、楷書和隸書中去。

我後來寫的比較多的還是行書。最早我崇拜的是米芾，我對米芾的喜愛遠超二王，從一開始就是如此，這和我的父親以及老師們不太一樣，他們都是推崇二王的。其時，在「蘇黃米蔡」中，我總覺得蘇體太肥俗，黃體太張揚，都不中我的意，蔡襄的行書尚可，但他的強項在楷書，因此，只有米芾的書體是我所鍾愛的。米芾的字不僅能寫大字（二王的字是不易寫大字的），還容易寫鋼筆字，因此我特別喜歡。這份喜愛一直持續了二十年左右，直到後面有機會接觸了更多大家作品，看到了蘇東坡、黃庭堅、趙孟頫、文徵明等人的字後，我對行書有了新的認識。

在我看來，通常人們會強調行書的技法，像趙孟頫、文徵明的技法都是非常好的，但技法好的人不容易寫得飄逸，而我覺得行書之美恰恰就在飄逸。當我領悟到這一點後，再去看蘇東坡的行書，就覺得蘇東坡的行書確實具有大美。蘇東坡的行書之美與米芾的完全不同，是一種渾然天成的美，彷彿天生就是如此，全無雕飾，自然天成，並非要表現美，而是要表現真實的自己，美或不美，全憑觀者自己去感受。這就是後來蘇東坡的書法所留給我的印象，我對他的喜愛也遠遠超過了米芾。蘇東坡的行書有時字形偏扁，受到他的影響，我也常常把行書寫扁，而把隸書寫長，這與傳統的結構不一樣，或許也可以算作是一種創新的嘗試。

我上大學之後，學習工作都非常忙，後來去了美國，更加沒有時間練習書法，在長達近二十年的時間裏，真正握筆寫字的機會很少。正因為這樣，我練習書法的主要方法是「看」，我通常會選一兩本比較薄的字帖，放在我的書包裏、旅行袋裏或車裏，這樣旅行的時候很方便看一看，這個習慣一直堅持了三四十年。此外，我大概是最早一批從互聯網上下載那些書法大家的作品的人，起初能下載的字帖很少，但可以看到拍賣行的近現代書法大家的作品，也就是通過這樣的方式，我系統地學習了那些後來對我的書法產生了很大影響的近現代大家，如沙孟海、沈尹默、來楚生、白蕉和陸維釗的作品。最後一個就是「沿路看」，不管旅行去到哪裏，我最喜歡看的就是字寫得好的店門招牌，在日本旅行的時候，我就從他們的店門招牌來研究他們的書道。不知是因為天性，還是興趣，凡是我看過的書法真跡，都可以幾十年不忘，而且很是敏感，哪怕他的書法有很細微的變化，都可以一眼認出，因此，在香港的時候，也常常有朋友會把我叫去識別書畫的真偽。

真正有時間寫書法是在來了香港之後，一方面在香港有機會可以看到很多好的書法字帖，自己的興趣就像火種一般重新燃燒了起來。另一方面我也有時間練習了，尤其是來到深圳這十年裏，很多時候，我需要寫大幅的書法來張貼，或是美化校園，或是作為禮物送人，所以幾乎每天都必須寫字。寫著寫著，就感到愈來愈順手，愈來愈親切，即使結束了一天的工作回到家裏，人很疲憊，甚至心裏有些煩惱，但只要寫了半小時的字後，就會感到身心重新變得輕鬆愉悅了。

學習書法，就好像結交了三種終生朋友：一種是喜歡書法的同仁好友，有的是師長，能經常點撥指引；有的是知舊，常常在旁邊喝彩鼓掌。另一種朋友是歷史上的那些書法家，每天都在看他們寫的字，漸漸感到他們彷彿是與自己在一起的。看顏真卿的《祭姪文稿》，可以感受到他的悲憤；看蘇東坡的《寒食帖》，可以感到他的灑脫與優雅。第三種朋友，就是書法本身，有時想來，「書法」這位老友，可以說是我的終生好友了！出差回家，或者生病幾天，回到家裏，最想念的還是這位老友！

凡事因緣而遇，因情而聚，因惜而久，因愛而暖，與書法這五十年來的交往，實屬是一段奇遇。有時想來，如果我這一生沒有機會接觸書法，不知道書法為何物，我的生命該是多麼遺憾！

我是一個長期從事科學研究和教學工作的「理工男」，我的職業與書法沒有什麼關係，但我總覺得人生活在這個世界上除了物質享受和理性思考之外，一定還會有內心的需求，這大概就是藝術能夠永存的意義。人生一路走來，有「理」的一面，也有「情」的一面，而藝術就是表露「情」這一面的載體。五十年來，我在踏遍全世界的每一段路途中，都能始終不忘與書法的這個緣分，我想還是因為內心深處的那個愛。

如果你問我在這一生與書法的緣分中最值得領悟的是什麼，我的感悟有三點：其一，一個人年輕時的自由度是何等重要啊！要是我出生得晚一點，經歷如今的學校系統，可能就沒有機會像我這樣去探索自己的興趣。天趣，人各有之，學校與家庭教學是培養不出來的，但卻是可以扼殺的。我的幸運在於，在我的生命中，正好有那麼一段非常自由的時光，使我可以盡情地在自己喜歡的樂趣裏馳騁！

其二，書法於我，可以說是完全自學的，像一個從未吃過正餐的孩子，沿路吃著別人給的零食充飢，一路走、一路吃、一路長大。這說明真正的天趣可能是不需要教的，就像現在的遊戲，都是沒有人教的。天趣雖然不需要教，但需要悟，而「悟」是需要學習、思考和練習的。

其三，天趣，就是自己覺得好玩的東西，人的一生當然不能把所有的精力都花在「好玩的」上面，連莊子都講「嗜慾深者天機淺」，但人生不能都受榮利功名的驅動，順應自己的天趣，活出有趣的人生，當是人生的一大課題。

書法於我，就像一葉漂流在大海的小舟，漫無目標地行駛，而我只顧欣賞海上的風光和清澈見底的海水，漂呀漂，也不知道漂到哪裏去。我感恩這個緣分給我帶來的這葉小舟，讓我領悟到美，感受到在追求美的過程中的那份喜悅與寧靜。

零點七

不過度用力，
不透支自己，
是對人對己的最大負責。

春天來了，吹來的風都是暖洋洋的，美國大學的草坪上到處都躺著年輕人。美國人喜歡曬太陽，衣服脫得精光，有的仰躺，有的曬背，剛到美國時還覺得有點害羞，後來入鄉隨俗，覺得也蠻好，一點都不覺得冷。那天，我上完課，跟著學生出來，我上的是大三的課，有大概一百名學生，講完課，正好是午飯時分，大家一起擁擠著走出教學大樓，我與同學們在草地上坐著，順便在附近的午餐車上買點東西，充當午餐。我那時很年輕，與學生年齡差不多，有的學生蓄鬍子，看上去比我還老，我上課時他們對我很尊重，下了課就勾肩搭背，跟一般的同學一樣，大家有什麼聊什麼，嘻嘻哈哈，很開心。

春天來了，草坪上走過一些帥哥美女，同學們少不了「評頭論足」。一位同學，我記得是印度來的，說那位遠遠走來的女同學，實在太美了，少說也可以打「九十五分」，話音未落，旁邊一位中東來的同學就大聲嘲笑他，「你真沒有品味，在我看來充其量也就是及格分。」這下子大家爭論起來了，當然是鬧著玩的，大夥就這樣聊著、鬧著、吃著午餐，忽然大夥間冒出一個問題，「如果我們給自己的容貌打分的話，大概會是多少分呢？」好了，每個人都「自報家門」，「如果說你心目中最漂亮的人是一百分，最醜的人是零分，你覺得自己是多少分？」隨便一聊，大家都分別報了自己的評分，每報一位，大夥就起鬨，「你有這麼帥嗎？害不害臊呀！」反正每個人報的都比大家想像的要高。

後來我回到辦公室，還在思考這個問題，覺得蠻好玩的，在第二次上課的中午，我索性給每個學生一張小白紙，讓他們每個人給自己的「顏值」打分，然後交給我，一共大約是五十來位同學，我統計了一下平均分是「七十分」。我們班的學生顏值好像不錯啊！接下來，在之後的不同場合我又做了差不多的統計，大概有五十人、一百人、四百人。令人吃驚的是，統計的結果居然都差不多，都是七十至七十五分。

從統計學意義上講，假如樣本大到一定程度，我原本想像的這個數字好像應該接近於五十，因為從平均值的意義講，就應該接近於五十。

問題是，這個數字是「自評」的，不是客觀的。這說明什麼呢？這說明人有高估自己顏值的傾向，這是我從這個觀察中得出的結論。「自戀」——人有自戀的傾向，這其實也正常，每個人都覺得自己美一點，帥一點，沒什麼不好，我也用不著寫篇文章「戳穿」它。

然而，我這裏想告訴大家的是，人的這種心理上的傾向遠遠不止於在容貌上高估自己，在幾乎所有與「自己」相關的事情上都會做過高的評價。我曾經上過一門課，課程裏面有一個實驗項目，按三到四人一組完成，項目結束後，我故意讓每一位同學單獨告訴我，自己在完成這個項目中的貢獻是多少。其中，A同學說，「這個項目真是不容易，我們組裏幾個傢伙都懶得要命，從軟件到電子綫路幾乎都是我操刀完成的，少說也做了百分之六十的貢獻。」B說，「我前半段時間生病，但後半段時間發力不少，最後算法上的幾個大錯誤都是我檢查出來的，要不然實驗結果會崩潰！少說也有百分之四十的貢獻。」C說，「我負責硬件，包括採購、調試、組裝，至少有百分之三十的貢獻。」D說，「我的貢獻主要是寫報告、分析數據，百分之二十的貢獻應該是有的。」總結一下，四個人給我單獨報告的總和是一百五十分。

幾年下來，實驗課的統計大致如此，很明顯地，每個同學都高估了自己的貢獻。那麼，正確的評價到底應該是什麼呢？通過許多次這樣的觀察，我發現把這些數字乘上零點七，恰恰是正確的答案。你看，七十分的顏值乘以零點七，正好是五十分左右。一百五十分的貢獻，乘以零點七，正好是一百分左右。

所以，結論是，每遇一事，把自己的重要性，乘以零點七，是一個很好的「校正」，是對自己比較客觀的評價。

然而，問題還遠遠不止自己的功績和顏值，可以一直延伸下去。在現實生活中，我們會高估與自己有關的一切事物，對自己所看重的東西，都會一律放大，有時常常會放大到離譜的程度。只要是與自己有關的，都是萬分重要的、十萬火急的，重要性、嚴重性，會無端放大到走火入魔的程度，這樣常常會產生許許多多的焦慮、憂鬱、緊張和悲哀。這在現今的學校裏十分普遍。

比如，有位同學非常看重自己的 GPA，雖然那次考試他已經得了九十分，但他不滿意老師的評判，經過與老師的幾次爭吵，老師勉強給他加了兩分，但他還不滿意九十二分的成績，最後實在焦慮得吃不下飯，回家幾天也不下樓，嚇得家長、老師連忙送他去醫院，住院後又失眠，需要打針，吃大量安眠藥，最後造成生命危險。朋友們，這不是個例，是很普遍的現象，在現時的學校裏到處可見，每個人都在焦慮，都在「捲」，有時也不知道到底在焦慮什麼？在擔心什麼？在害怕什麼？

朋友們，大家試想一下，如果這件事與「自己」沒有關係，他會焦慮嗎？肯定不會！所以，關鍵點是「自己」。當自己內心深處太想要一件東西，就會把它無限放大，放大到整個世界，佔據他的所有心思，這是產生這些焦慮的核心。

所以，我常常與同學們講，你先停一停，問問自己，你心裏的那個東西，有那麼重要嗎？我沒有說那個東西不重要，它可能是重要的，但它重要的程度，遠非你所想的那樣。我在聊天中給予他們我自己常用的一個建議是，你把你所想像的嚴重程度乘以零點七，這可能才是你應該重視的程度。

其實這種焦慮的現象不僅在學校，在社會到處可見，每個人都是一天到晚的焦慮不已，原因是什麼呢？我分析這與過量的信息渲染有關，網絡社會無時不在的信息衝擊，overwhelming！比如說，一場大暴雨讓香港的一個地鐵口灌水嚴重，五分鐘之內，影像就傳遍了全世界，大家頃刻之內如同身臨其境，以為自己大禍來臨，人們不會去想香港離我們還遠，不會去想香港還有幾千個地鐵口，那只是其中的一個，不會去想那暴雨是暫時的，很快就會過去。過量的信息造成了人們無法把心靜下來做一些理性的分析。當人們失去理智的時候，就會反應過度，overacted。而人的神經是這樣的，當刺激過度之後，效果其實是很不好的，反而達不到這件事應有的重視程度。

古人說「過猶不及」，凡是「過」度的東西，都不利於我們真正的目的，「過度家教」使我們的孩子喪失應有的童趣，「過度醫療」使我們的病人承受更多的痛苦，「過度信息」使我們失去正常的理性思維和與大自然、家庭和親朋好友之間親密交流的機會。

任何美好的事情，當你 overdo，做過度了，都會變得不那麼美好！前幾天遇到兩位學生，我問他們暑假過得怎麼樣，一個說：「我的脖子有點不舒服，我媽讓我去做按摩，每天做，最後不僅脖子不行，連腰都不行了。」另一位說：「家裏沒有人，因為我喜歡吃杭州小籠包，我媽讓我每天買小籠包吃，吃了兩個月，我這輩子以後再也不想吃小籠包了。」你看，做按摩、吃小籠包原本都是很好的事啊，但做「過」了，就不好了。

楊絳先生說：「人應該有善良之心，學識修養，以及大大小小的美德，但都不能過度。」你看，連善良都不能過度。

所以，我說的零點七，其實是對我們「過度」思維的一種校正，無非是想告訴大家，很多時候我們不用把問題想得那麼嚴重，我們無須那麼「認真」。不過度用力，不透支自己，是對人對己的最大負責。

這個零點七是一種智慧，一種成熟，也是一種謙和。不要高估自己，要儘量地把自己看小。超脫一點，要學會與自己身外的事情拉開距離，只有這種超脫的心懷，才能有清醒的頭腦，才能有真正的生命情趣和精神自由。

兔貓世界

領悟自己的熱愛，
堅守自己的生命價值，
昂首挺胸地去追逐自
己的夢想，
你的人生才會像春雨
洗過的太陽，
繽紛燦爛！

我三姨母是位很有才情的知識分子，上世紀六十年代，由於家庭原因，再加上常常願意發表言論，運動剛剛開始不久，就被叫去隔離審查。因為她是一個人住，當她被隔離審查的時候，我就得去她家裏幫忙照看她的兩隻小動物：一隻小兔，一隻小貓。小兔是鄰居家送的，長著淡灰色的絨毛。小貓則是黑白兩色，是在路上人家要扔掉時給撿回來的。兩隻小傢伙都剛出生不久，非常可愛。

我那時的任務就是給他們餵點東西吃，並沒有什麼其他的事。我不知道該給牠們餵些什麼，即使知道也拿不出來，所以我常常餵牠們吃些我自己吃剩的食物。小兔和小貓也很聽話，並不「挑食」，記得我常常餵牠們吃我剩下的早點「方糕」，米粉做的，有點糖味，有時也給牠們喝點茶。

給牠們餵食時，我把牠們抱到天井裏，在暖洋洋的太陽底下，我就坐在旁邊的小凳子上觀察牠們。剛開始，兩個小傢伙都走得很慢，後來一點點快起來了，再後來還會互相玩耍了。有時候，小兔跳一跳，小貓也會跟著跳一跳。有時候，小貓走得快一些，小兔落在後面的時候，小貓還會回頭看一看，等一等牠。

有一天，當我坐著看牠們玩耍的時候，突然發現一件大事。我想這隻小兔大概不知道自己是兔子，因為牠自出生就只看到這隻小貓，從未見過其他的兔子。而小貓也不知道自己是貓，因為牠也只見過這隻小兔。雖然這好像對牠們來說並不很重要，牠們似乎相處得非常和睦，而且彷彿在跟對方學著爬和跳的動作。

只有我知道牠們誰是誰，牠們是不同的動物，有不同的顏色和糞便。久久地看著牠們，我覺得牠們怪可憐的，而我覺得自己彷彿是上帝，真想大聲告訴牠們：「你是兔，你不是貓，你不應該爬！」、「你是貓，你不是兔，你不應該跳！」

後來，等牠們漸漸大起來的時候，姨母回來了，隔離條件有所改善，我也就不用去她家幫忙照看了，因而也無從得知這對動亂中的小兔和小貓後來的命運。很久以後，當我想起這件事時，我常常會想，假如有人從小混跡於野獸群中長大，從未見過人群，人與野獸誰也不能分辨自己是誰，那會怎麼樣呢？

其實，「認識你自己」是件很難的事，兔貓世界如此，人的世界也是一樣，你知道自己是誰嗎？

大凡對自己的了解是從與旁人的比較中獲得的，就像那隻小兔和小貓一樣。你看到人家去做什麼，你便想著我大概也應該做什麼。人家有什麼，你就會想著我大概也應該有什麼。於是就有了攀比，就會在乎人家的看法，不知不覺地，就把自己的人生過成了別人的人生。於是，有人會從別人的幸福中找到自己的不幸，也有人會從別人的不幸中找到自己的幸福。

人，每天忙著用別人的腦袋看自己，或者用自己的腦袋看別人，唯獨不做的是用自己的腦袋看自己。為什麼認識自己那麼重要呢？因為只有你認識自己是誰，才有可能真正做自己人生的主人，才能選擇自己真正喜歡的事來做，才能投入全身心，你的人生才會快樂。因為認識了自己，你就找到了快樂的源泉，你的生命狀態是快樂的，因而你的人生將是快樂的，這與你的金錢地位沒有多大關係。

前一陣，我在街上遇到一位以前的學生，他當年因為家境比較貧寒，有時會到我的辦公室裏聊些家常。他父親早亡，我問他母親現在怎麼樣。他說她早已退休，因為子女都大了，只她自己在家，於是她開始在街道圖書館裏借書閱讀，過了一兩年，她居然開始寫詩了。到現在，可不得了，發表了四百多首詩，居然是個詩人了！他說，他這位普通女工出身的母親的身上好像「藏」著一個詩人，這個詩人以往一直未現身，現在卻突然出現了。

是的，我們每個人身上都藏著另外一個人，這個人恰恰是真實的自己，但可惜的是我們大多數人都不知道這個人是誰。

讓我們來做個實驗吧！假如今天晚上這世界上的所有人都「集體失憶」了。從明天早上開始，沒有一個人記得從前的事，雖然世界還是這個世界，但你不知道你姓甚名誰，父母兄弟姐妹也統統不記得，你的年齡，你的銀行存款，你家鄉在何處，你也完全不知道，你忘記了你的先生或太太，更不要說你的公司、學校和家裏的一切……這聽上去好像很可怕，其實也不然，世界還是那個世界，仍有可以為生的財富和資源。從好的方面來講，因為失憶，你會對你周遭的一切充滿新鮮感，你去任何一個街區都像旅遊一般，因為你從未來過……

現在，請你想像一下，如果你是「集體失憶者」中的一員，你忘記了你的職業和單位，馬路上到處貼著招聘公交車司機、飯店廚師、醫生等等的廣告。你最有可能去應聘哪種工作呢？你最想吃什麼東西？你最想去世界上哪個地方居住呢？鄉村還是城鎮呢？你覺得你自己現在的年齡會有多大？你想聽什麼音樂？你喜歡搖滾嗎？……

你可以一直這樣想像下去，你會突然發現那個藏在你身上的人，那個真實的你自己。就像那隻小兔，牠一直以為自己是貓，羨慕貓的靈活，努力與貓比爬樹的本領，放著自己前面的一大塊青草地不管，拚命地與貓去爭小魚小蝦，那實在是大可不必的。與其把短短的一生迷失在別人的森林裏，不如聽從自己內心的呼喚，找到那個藏在身上的自己吧。

你的高考成績，你的聰明才華，你的金錢地位，都不足以決定你的人生質量，因為人生質量最重要的決定因素是你的生命狀態。快樂的生命狀態的最基本的條件是對自己生命的覺醒。領悟自己的熱愛，堅守自己的生命價值，昂首挺胸地去追逐自己的夢想，你的人生才會像春雨洗過的太陽，繽紛燦爛！

老人與牛

「把人家看大，把自己看小」是一種謙虛。「把人家看大，把自己看小」是一種智慧。「把人家看大，把自己看小」也是一種高貴。

那是一個初夏的早晨，天地都醒了，油菜花和各種野花遍地都是，風吹過來，暖洋洋的。我照例去橋頭集合，等待生產隊長安排一天的農活。也不知是什麼原因，那天，他安排我去放牛。

第一次去放牛，感覺挺新鮮的。管牛的是一位老人，大家都叫他S叔。S叔慈眉善目，腰彎得接近九十度，他駝背的身影很像那頭牛。他不善言語，但待我不錯。S叔給人印象最深的就是為人謙和，每次生產隊裏開會，他總是讓我坐在他前面，我那時在隊裏可以說是地位最低的，外地來的一個毛頭小子，但他堅持每次都對我謙讓，總是說「你是知識青年，有知識的，我們沒有知識，是沒有前途的，村裏要靠你們，國家要靠你們，你們要往前坐。」說得大家都很開心。

放牛遠遠沒有我以前想像得那麼容易。第一天下來，疲憊不堪，那頭牛彷彿只聽S叔的，對我甚是欺生。

那天中午時分，很悶熱，老人說，把牛帶去河裏洗個澡。我去牽牛，但牽到河邊，牛就停住腳步了。我拚命把牠往河裏趕，牠就是不去。我只好上岸找到老人，「這牛怎麼趕不動啊！」老人過來一看，對我細聲說，「你是把牠往河邊那個淤泥潭裏趕，那個潭雖然看不見，但很深，牛如果進去了，怕就上不來了……」老人把繩子往旁邊一拉，順勢把牛趕往河的另一旁，這牛也很聽話，一步一步走向河裏，直到牛背都沒進河水裏去了。

我在旁邊看了大概十幾分鐘，覺得很神奇，這牛還挺聰明的啊？以前，總覺得牛很笨，俗話說「笨得像頭牛」。其實，牛一點都不笨。老人對我說：「牛只是不會說話，心裏一點都不糊塗。」老人管牛管了一輩子，牛對他來說就像自己的孩子，他知道牛，牛也知道他。

吃過晚飯，我去牛屋放牛草，老人已在那裏。牛屋在小橋的旁邊，村民們都在小橋下邊的小河裏洗東西，小河兩岸便是屋舍人家。幹完活，老人常常在昏暗的牛屋外邊搓繩（就是用手把稻草擰成繩子），我也常常搬個小凳子在旁邊幫老人搓繩。我問老人，「牛怎麼這麼聽你話？」他說，「牛其實對誰的話都聽，你過幾天就知道。牛對你也會很聽話的。」我又問，「那牛為什麼那麼聽話呢？」沒錯！牛對人是太好了，吃的是草，擠的是奶，還要每天幹這麼多苦力。殊不知，老人給我了一個意想不到的回答。

「那是因為牛總是把人看大，把自己看小的。牛的眼睛天生是這樣的，哪怕是一個小孩，對牛來說，也像是看到一個巨人那樣。白狗就不這樣（紹興人稱鵝為白狗），白狗的眼睛會把人看小的，所以牠碰到任何人都敢去咬，去追趕，雖然牠比人還小。」我不知道這番話是真是假，但心裏覺得很有意思，從一般眼睛構造的幾何光學原理講，這也不是不可能的，就拿人說吧，難道我們人看到的東西都是真實的嗎？

從科學上講，我們看到的未必是真實的。首先，我們只能看到可見光頻率的物體，紫外和紅外是看不到的。色覺本身是一種對電磁波粗略而碎塊化的編碼，而我們眼睛的電磁波是極化的和連續頻率的，所以，很不真實。我們看到的紅，未必是真的紅，真的紅我們也未必看得到。另外，愛因斯坦從車站廣場的大鐘上看到八點鐘，而想像如果光速足夠慢的話，他看到的八點鐘，未必是真實的八點鐘。

這說明，我們看到的未必一定是真實的。我們沒有看到的，也未必一定不是真實的。從這個意義上去理解老人那番有關牛眼睛的話，其實很有哲學意義，尤其對年輕人的處世為人，更是如此。

「把人家看大，把自己看小」是一種謙虛。「虛能長學」，人感到自己的渺小時，才能開始做一些稱得上偉大的事。為什麼謙虛那麼重要呢？因為人天生有一個臭毛病，習慣了把自己看大，把別人看小，不自覺地放大了自己的優點和功勞。所以，時刻提醒自己要保持「謙虛」，其實是一種心理上的「校正」，更忠實於「客觀」。

「把人家看大，把自己看小」是一種智慧。蘇格拉底說過，「我比別人多知道的那一點，就是我知道自己是無知的。」每年畢業禮畢，學生讓我同他們講講離開校園後最要注意的事情，我常常會說，「無論你在哪裏，永遠記住你旁邊有一個比你更聰明的人。」時時注意這一條會使我們一方面把心「虛」下來，虛心聽取別人的意見，看「重」別人的觀點，才能虛心好學。另一方面，當你知道身旁有一位比你聰明的人，你會謹言慎行，不敢胡說八道，這樣就避免了許多犯錯的機會。所以把自己看小其實是一種智慧。

「把人家看大，把自己看小」也是一種高貴。只有具有這種高貴的品質和境界，人才會變得豁達，才會對事對人充滿仁愛和寬容。一個人如果老是想自己，講自己，只顧自己，不顧旁人，怎麼會有仁愛和寬容？凡事把他人的利益放在前面，「前半夜想想別人，後半夜想想自己」是有道理的。如果把這順序倒過來，就不行了。而要做到這點，首先必須「把人家看大，把自己看小」。

我放牛的日子並不長。到了秋天的時候，隊裏的三頭牛中有一頭幹活總是不夠利索，S叔說那頭牛太老了，幹不動了，叫我手下留情，少抽鞭子，我有時候看牠走不動，就乾脆早早地把牠牽回牛屋休息……過了幾天，聽隊長說隊裏決定要把那頭老牛殺掉。一方面牠幹不了太多活了，另一方面，村民們那時都吃不飽，殺了牛，還可以改善生活。

最後那個傍晚，我去牛屋，老人照例在門口搓繩。我進屋去放了一把牛草，那頭老牛一隻腳半跪在地上，昏暗的燈光下，依稀能看到牠渾濁的眼光。我出門坐在老人旁邊，幫著搓繩。那晚，老人沒同我講一句話。

第二天早上，一開門，就聽到很多小孩大人們歡樂的吆喝聲，原來小河兩岸都在分牛肉。全村只有老人和我沒去領牛肉。

我照例去牛屋。門外的老人還在那裏搓繩，門內的老牛不在了，已經帶著謙虛和智慧離開了世界！

冬日的太陽

你心中的夢，
就是太陽。
有了這個太陽，
你就永遠年輕。
你的夢想與現實相距
越遠，
你就越年輕。

只有到了冬天，才能真正感到太陽的溫暖。

在寒冷的冬夜裏，睡覺是最辛苦的。那年我在下鄉，冰封的村莊，冷風颳在臉上很痛，冬天特別長，厚厚的雪壓在我那孤獨的小屋上，四面的門窗縫裏吹著勁風，整個房子像一架破風琴。每晚上第一件事是用報紙糊住門縫窗縫，再把棉被的那端用繩子捆住，穿上厚厚的襪子，脖上圍上毛巾。即便這樣，晚上還是要被凍醒好多次。

那時，最渴望的是冬天裏早晨的太陽。一看到有太陽，那個高興是無法用言語來形容的，趕緊吃完早飯，去太陽照得到的牆角邊，站在那裏，那兒常常已有很多人站著，等候生產隊隊長分配當天的農活。

很多人可能不知道，冬天裏看到太陽的感覺，一開始很刺眼，骨頭裏會輕輕地發痛，然後是暖洋洋的。我站在那裏，看著太陽，看著那灑滿金光的樹葉和被陽光照亮的冰封的河道，心裏想說，上天啊，你只要給我太陽，讓我做什麼都行。哪怕現在讓我去死，我的臉上也會有微笑的。

只有經過寒冬的人，才會真正珍惜太陽。

那是我住在村裏的最後一天，奇冷，因為路上積冰，很滑，從城裏走到鄉下花了十幾個小時，到村裏時已是黃昏時分，天幾乎全黑了。我推開自己住的小屋門，拉亮電燈，不禁大吃一驚，滿屋的地上坐的都是人，每人手上都拿著一些東西。原來，他們都知道我剛剛收到通知，考上了大學，要離開村莊，他們是來送我的。有的手上拿著剝好的毛豆、繡花的枕頭套、布鞋等等，有的帶來了扁擔、塑料包，以便搬運。平時愛說愛鬧的小夥伴們，這會兒沉默得可怕。就這樣，大家在沉默中坐了一會兒，再一起安靜地幫我整理行李，想到我可能再也不會回到這間小屋了，心裏不禁懷念起這段淒清而熱鬧的日子。

那晚，風雪交加，冷得連屋裏的水缸也積冰。我躺在床上一直睡不著覺，不是冷得睡不著，是熱得睡不著！

想到我要離開這些患難中的夥伴，想到苦難深重的村民，我睡不著。想到我終於熬過了黑夜，將要看到光明！終於可以開始有書讀的生活了！自己的夢想快要實現了！我睡不著。

那個激動，那個憧憬，那個夢想，像火一樣在燃燒，一點也不感到寒冷。

從那時起，我就深信，我們心中的夢想，會化作我們靈魂深處的激情，就像冬日的太陽，它像火，會驅走所有的寒冷，它是我們漫長人生道路上前進的唯一動力。

我曾經聽過這樣一個故事。講故事的人是位出生在浙江的老人，他小時候住在浙北的一個鄉村裏，常常見到一位比他年長四五歲的小和尚，總是站在村口的小路口，背著一個灰色布袋，對過來的人講，他想在村後的山坡上建一座寺廟，過路人都不把他的話當回事，覺得這個孩子怪可憐的，那就給他一分錢吧，所有人都懷疑他，這麼一個小孩能做成什麼大事？很多夜裏，他都在村口看到有一盞小燈，那是小和尚手執的風雨燈，一邊為行人照明，一邊化緣，當時他想這個小和尚挺可憐的。

過了十幾年，這位朋友已經成了一位大學生，他讀的是地質學，所以需要到處去野外山地勘察地貌地質。有一次，他正好來到他家鄉附近的山區，走著走著，他發現一處建築工地，地基已經打好了，工程停在那裏。再一看發現工地角落站著一個出家人，他走去一看，發現那人正是童年時他經常遇到的村口的那個小和尚。小和尚已經二十來歲了，遇見他十分欣喜，對他講這些年來，他把這寺廟規劃籌建起來，現在基礎已經打好了，當然還是缺錢。這位朋友聽了非常吃驚，這麼一個小孩十來年下來，靠在村口這麼求爺爺、告奶奶佈施這點錢，還真的建起了這個寺廟的基礎，他非常感慨，當然，還是不相信他能真正建起這間寺廟。

又過了大概十來年，這位朋友已經從一位大學生變成了一個很成功的中年人士。他衣錦還鄉，一到村裏，就看到村後的山上有一處雄偉的寺廟，金碧輝煌。他連忙詢問，村民們告訴他講，就是村口的那個小和尚積的德，把這個寺廟終於建起來了。他簡直不敢相信自己的耳朵和眼睛，這麼一個弱小的小師父居然能完成這麼一件宏大的事業。

我聽了這個故事也很感動。是的，如果是我碰到村口這個小師父的話，也不會相信他竟然能完成這麼一件大事的。人對一天所能做的事常常過於樂觀，而對一生所能做的事常常過於悲觀。關鍵的是你要堅持自己的理想，永不言棄地堅持下去，這一生還說不準真的能夠完成一些常人以為不可能辦成的大事。而之所以你能堅持，就是因為你心裏有夢想。

這個故事告訴我們夢想是何等重要，有了這個夢想，縱然千辛萬苦，也會無比幸福。為什麼夢想有那麼重要呢？因為只有夢想，才能使你久久地傾注你的所有精力，從而滴水穿石。你才會在失敗時依然堅持你的夢想，最終實現你的夢想。相反，如果沒有夢想，你不會全力以赴，無法集中精力，即使你有多麼聰明，多麼能幹，多麼勤奮，最後還是與成功失之交臂。

我們今天的時代，不缺財富，不缺奢華，不缺安逸，但缺有夢的人。沒有夢想，多少財富也帶你走不了太遠！反之，它會使本來應該奮鬥的、年紀輕輕的你去選擇安逸。

你心中的夢，就是太陽。有了這個太陽，你就永遠年輕。你的夢想與現實相距越遠，你就越年輕。

太陽，那個冬天的太陽，只有她才能使我們像遠方的風那樣，比遠方走得更遠。

粥

人生難免崎嶇，患難中的友誼會使我們在崎嶇中看到希望，在灰暗裏見到光明。在我們失落時，挫敗時，我們之所以能挺著走過來，有時候靠的就是這股柔弱的力量。

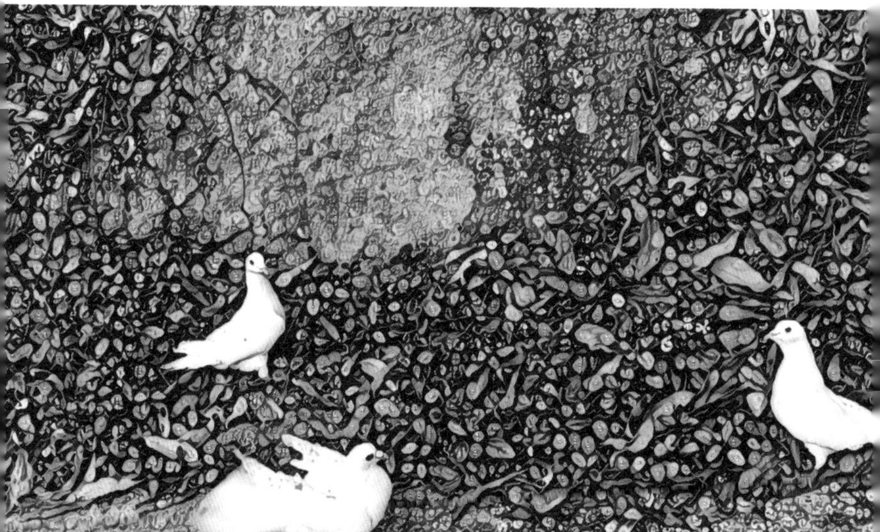

那是一個寒冷的冬天，我下鄉到村裏已經幾個月了，生產隊有一批剛出生的小豬，需要人照料，因為找不到其他村民幫忙，隊長就把這個任務分配給我了。我一到茅草壘成的豬圈裏，就看到十一隻白白胖胖的小豬，牠們只有手掌的一半那麼大，像個肉球一樣，拿在手裏，既覺得十分可愛，又讓人膽戰心驚，因為我從來沒有碰到過這樣小的動物，也不知道該如何照料牠們。

天實在太冷了，茅屋裏幾乎與外邊一般冷，屋裏的水都結了冰，地上還有從屋頂漏下來的積雪。看著擠在一起瑟瑟發抖的小豬，我也不知該如何是好，只好從宿舍裏取來一條舊棉被，把牠們裹在裏面。

第二天一早，我去看小豬，棉被掀開，發現有五隻小豬，閉著眼睛，一動不動。「死了？」我不禁慌張起來，推推牠們，還是不動，身上冷冰冰的，沒有一點溫度，另外六隻也差不多，只是好像還能動彈一下。不過，情況是很清楚的，不趕緊救牠們的話，估計剩下的幾隻也差不多要死了！

那天我必須去公社開會，走了一個多小時才到會場，時間尚早，主持會議的是一位老幹部，腰上繫著粗麻繩，把很大很厚的棉衣裹得緊緊的。我心裏惦記著小豬，想著他年紀大，經驗足，或許知道應該怎麼救小豬。誰知道，我話還沒說完，他就說：「你不要開會了，趕緊回去，煮一鍋粥，稍稍涼一下，餵給小豬吃，吃了就會活過來的。」

我一聽這個辦法能救小豬，就立馬趕回村裏，找到L師母。L師母是村裏一直照顧我的人，我經常到她家裏去吃飯，雖然不住在他們家，但很像是我的寄宿家庭（Host Family）。L師母很瘦弱，個子較高，臉很黑，雖然年紀不大，但生活的風霜已使她的頭髮泛白了。有一次她到我城裏的老家走動，我妹妹說，看到了她，就像看到了魯迅《故鄉》裏的祥林嫂。

L師母立即幫我燒了一鍋粥，我倆把粥一口一口餵給小豬吃，不到半小時，奇跡發生了！那幾隻昏睡得快要死去的小豬居然活了過來！我激動得幾乎要流眼淚了。從那時開始，我對粥就有一種崇敬感。粥，不僅是食物，還能救命！

粥，有一股柔弱的力量！它的力量體現在柔弱裏，因為柔弱，人們容易接受，能量容易傳遞，尤其對虛弱的病患更是如此，無論是人，還是動物。

又過了一陣，有一天我在田裏鋤地時，一不小心把鋤頭鋤到了自己的左腳上，立即出了不少血。那時很愛面子，怕給農民看見了笑話，鋤田鋤不好，倒那麼容易受傷。所以，我把腳埋在泥土裏，企圖用泥土把傷口的血止住。後來可能還真的止住了，不過腳還是痛，可能在土裏也流了不少血吧。等天快黑了，隊長一聲口哨放農友們回村時，我整個人渾身上下一點力氣也沒有，情緒極其低落。當所有人都陸陸續續地往村裏走去，我卻還一個人坐在小土坡邊上，不想動。

我感到精神極其苦痛，前方看不到一點希望。我一個人坐在那裏，看著太陽一點點地從對面的山上落下來，覺得人活在這個世界上真是一點意思都沒有。那個時候如果前面有一條河，我都有可能會跳下去。

坐了一會兒，L師母挑著一擔東西過來了。打聲招呼後，她一把把我帶起來，「跟我回家去！」她像趕鴨子一樣，把我趕著往前走。

L師母平時話不多，但那天在路上，她講了很多話，我還從來沒有聽到過她講這麼多話。她說她的兒子對她講，我教他數學教得可好哪！老師都說他數學提高得很快。我知道她是想說我的好話，因為她兒子的數學糟糕透了，我用了一個晚上教他分式計算，到最後我問他 1/2+1/3 等於多少，他還說 2/5……她又說我幫某某家裏寫的對聯實在太好了，那家結婚時因為有我寫的對子，排場了很多……她是為了逗我開心吧，一路上，她講了很多很多。

快到村口了，她家的黑狗走在前面，我在中間，她在後面，她背上挑著一擔東西，手上拿一支竹竿，嘴裏不時地叫著「走」、「走」，像是在趕狗，也像是在趕我。村口的一位大爺對我們笑著說：「你把兩隻狗趕回來了。」我卻笑不出來。

到了她們家，煤油燈下，桌上已圍坐著不少人，包括她的兩個兒子和其他鄰居親戚。我在角落裏坐下，大夥都在講些村裏的事。一會兒，L師母從屋裏端出一大碗粥，今天是菜粥，以往有時是蘿蔔粥，有時是紅薯粥，很少有白粥，因為那樣需要更多的大米，而在當時大米是很稀缺的。她把粥一碗碗地端給人，最後端給我一碗。

我在黑暗的角落裏開始吃這碗粥。吃著吃著我發覺今天的粥有點異樣，再用筷子從碗底一撈，不禁大吃一驚，我發覺有一大塊肉在底下，「今天粥裏有肉啊！」我大聲叫起來，興奮得不得了。所有人都吃了一驚，「今天會有這麼好的事？！」但是，緊跟著，所有人都失望了，他們的碗底並沒有肉。所有人的眼光都盯著我，惡狠狠地，那意思很明白，憑什麼你有肉，而我們沒有肉！」

我突然明白了，我闖了一場大禍！L師母是對我好，我不該把她給出賣了呀！我感到無地自容，真想鑽到桌子底下去。

這是一碗我一輩子都忘不了的粥。我一生可能吃過很多好的、珍貴的東西，但都沒有像吃那碗粥那樣的味道。

有時候想來，粥，就像我們患難中的朋友。我們在風光的時候，慶賀的時候，我們哪會想到粥，我們只會想到山珍海味，會想到花天酒地。只有當我們生病的時候，苦痛的時候，我們才會想到粥。所以，粥，是我們的患難之交。

同理，我們患難中的朋友就像我們生活中的粥。人生難免崎嶇，患難中的友誼會使我們在崎嶇中看到希望，在灰暗裏見到光明。在我們失落時，挫敗時，我們之所以能挺著走過來，有時候靠的就是這股柔弱的力量。患難之交是我們生命的粥！

那晚吃完粥後，L師母從裏屋出來，沒說什麼，靜靜地把所有人的碗收起來，放在竹籃裏，拿到屋前的河邊去洗。我曾經問過她，為什麼她總是要去河邊洗碗，有時候下雪天，她也總是堅持要把飯碗拿到河邊去洗。她對我說：「我們已經吃過飯了，可是河裏的魚蝦還沒有吃過，把飯碗洗了，也讓牠們吃一點……」

我跟著她走出了屋子，本想去幫她洗碗，但想來她也是不會讓我幫她洗的。我站在河岸上看著她洗碗，那天的月亮很大，白色的月光照在河面的浮冰上，也照到她瘦弱的身子上。

第十一篇

藏在書裏的醬油

愈是浮躁的時候，愈要相信誠實厚道的人會有更多機會，而愈是貪求快速的世界，愈會有追求精良質素者的天地。

開學了，又迎來一批年輕教師，與他們聊聊上課的經歷，十分有趣，不禁讓我回憶起我教書生涯中最初的一段時光。

我在上大學之前曾在一間鄉村小學裏當代課老師，這間小學是當地比較好的學校，在當時教學活動不能正常進行的情況下，這間學校還兼有培養初中生的任務，這在當時被稱作「戴帽」初中，我在那裏主教數學和英語，在當時的情況下，無論哪科缺老師我們就要給哪科代課，所以幾乎所有課都要上。剛開始上課的時候，在一節初一的數學課上，有一件事讓我印象特別深。

那個班是有名的「亂」班，走進教室，幾乎所有人都在吵鬧，有的甚至還站在桌上、椅子上手舞足蹈，完全不像上課的樣子。我站了大概半分鐘，我想這樣的課怎麼上？於是我大聲地說：「你們現在好像不大想上課，不如你們先把話說完，我在隔壁房間等你們，什麼時候你們把話講完了，來叫我一聲。」於是我把講義一夾，走到了隔壁房間，那是一個小小的老師休息室，我就在那裏與一位同事下棋。

下了大概十五分鐘的樣子，我回到教室看了看，學生一看到我進來，聲音立刻小了很多，沒有人在椅子、桌子上胡鬧了，但還是有人在說話。我開口道：「你們講完話了嗎？」教室裏窸窸窣窣，還是沒有完全安靜下來，我說：「這樣吧，我再等你們一會兒。」於是我又回到休息室繼續下棋。又等了十五分鐘，我重新拿起講義夾，走到隔壁教室裏，霎時教室裏鴉雀無聲。我說：「你們好像講完了，那我們就開始上課吧。」我就這樣在剩下的十五分鐘裏把那堂課講完了，而且感覺講得還不錯。

這堂課給了我兩個啟示。其一，上課是要有規矩的，這個規矩一點也不能妥協，只有在有規矩的情況下，學生們在課堂上才有注意力，有了注意力，才有教學的效果。其二，上課只要老師能調動足夠的注意力，在很短的時候內照樣可以把課上完。一堂四十五分鐘的課，其實要講的材料大概也就在十五分鐘左右，但通常情況下需要維持秩序，調動課堂氣氛等等，拉拉扯扯也就講完了四十五分鐘的時間。

對於第二點，很值得深入討論一下。有經驗的老師可能都知道，六十分鐘的材料是可以用三十分鐘講完的。因為講的內容，其根本的精華部分，其實並不太多。所以，做老師的應該牢牢把握哪裏是最基本的內容，然後用最簡潔的方法把它表達出來。而做學生的呢？也是類似。聽課或者讀書的學問是如何從一堂大課或者一本厚厚的書中提煉出那些真正精華的部分。

就說一本書吧，你如果能仔細咀嚼一下其中的內容，精華不過是幾頁紙的長短。其餘的大部分內容是什麼呢？一類內容是「背景」，交待問題的來由、意義等等，這些材料對於作者好像都應該講，但讀者大多已有所知，無須太多留意。另一類內容是「解釋」，詮釋性、過程性、推理性、舉例性的內容，這是為了幫助讀者認識其原理，否則可能會看不懂。再有一類內容是「廢話」，「廢話」分為兩種，一種是「有用的廢話」，一種是「無用的廢話」。從定義上講，「廢話」就是無用的，但我發現有些廢話好像還是有用的，比如說：「在某某領導的大力支持下」等表示感謝的內容。在科學技術類論文中，你有時會發現其中引用了大量的數學，仔細一看，其實這些數學與內容沒有太多關係，也不一定是作者的功勞，在人文社科類的著作中有的作者會大量引用歷史上的大人物的語錄和經典，可能是想讓讀者感到更加可信。對於這些內容，讀者大可略去，只顧其關鍵內容為要。

讀書，最為關鍵的就是掌握什麼才是這本書中的「濃縮的精華」。要了解這個道理，我們不妨來看看寫書的過程。寫書之前，作者會把要寫的內容綱要列出來，然後把每一條綱要內容擴展為幾頁紙的關鍵描述，這些描述就構成了書的每一個篇章。再進一步，把每一篇章的內容加上背景材料，應用案例和結論意義。你看，一本書其實就是從一頁紙的綱要那裏一點一點地稀釋出來的，廣東話叫做「吹水」。書就是這麼「吹水」、「吹」出來的。這就像我們廚房裏的醬油，只用了一點點，然後加了一大杯水，泡成了「湯」。這碗「湯」就是我們在看的「書」。而讀書則是反其道而行之，讀書的過程，就是如何從這碗「湯」裏提煉出那點濃縮的「醬油」。

是的，每一本書裏都藏著「醬油」。所以我每讀一本書時，都要不時地問自己：「這本書中的『醬油』藏在哪裏？」有時找得到，有時找不到。最好玩的是，作者死命不會告訴你他的醬油藏在哪裏。所以只好你自己努力去找，找到了醬油，就算掌握了這本書的要旨。找不到呢？這本書就算白讀了！

有學生常常問我：「讀書的學問是什麼？」我也不知道如何回答。我只知道，讀書不在於多，就像交朋友一樣，並非越多越好。讀書不在於快，就像吃東西一樣，狼吞虎嚥不利於消化。讀書也未必一定要按照名人所推薦的那些書去閱讀，每個人的情況不同，刻意不得。前一陣在北京的星巴克碰到一位年輕朋友，說想學徐渭的書畫藝術，我看著他左手拿著咖啡，右手握著蘋果手機，我想他很難體會在貧困潦倒中被人逼得半瘋半癲的徐渭，又如何可以企及他的藝術境界呢？凡事不能刻意，讀書亦是如此。

如果一定要問讀書的學問，我可以提供的一點建議就是，對於那些你認為應該精讀的書，你一定要把它讀「薄」，愈薄愈好，最好薄到一頁紙（以上這句話就是本文的「醬油」）。每讀一本書，試著去讀薄它，有時候必須翻來覆去地讀，就像古人所說的「韋編三絕」，從前面翻到後面，又從後面翻到前面，當你逐漸搞清楚這本書的內容的時候，你會發現厚厚的一本大書，其實不過是幾頁紙，有時候甚至只有一頁紙的重要內容罷了。這個時候你就會豁然開朗，就像看到作者在文字間對你神秘一笑，有一種頓悟的感覺。

我做學生的時候，常常用這個辦法對付考試。一般考試之前幾天，把這本課本，連同講義、筆記和作業（已經老師批改），放在我書桌的左邊，右邊放一張白紙，把左邊的材料從頭仔細看下去，看到我認為最重要的內容或者容易混淆的內容，就在右邊的紙上記下來（把它儘量記得擠一點，佔用很小的空間），這樣一直看下去，直到把課本看完，完成了整門功課的複習，所有最重要的內容已經整理在右邊的白紙上了。如果整理的重要內容仍是幾頁紙的話，我會再把它放在左邊，右邊放一張白紙，繼續這一過程，把最重要的內容寫在右邊，直到右邊整理的那張紙上的內容只有大概半頁紙的長短，這個時候，我會再認真地研究這半頁紙上的內容，在考試之前的半小時裏，再看一看它，然後就進考場，進考場時我是很有信心的，因為我知道我掌握了這門課最重要的內容。

現代的書籍越來越多，電子閱讀更是五花八門，但這並不意味著閱讀的質量會有所提高。人的精力是有限的，國外有句名言：「讓對手死去的最好的辦法是給他提供無窮無盡的信息。」讓他在書海裏死去吧！這並不是一句玩笑話，叔本華也說過：「讀好書的先決條件是不讀壞書，因為人的壽命有限。」書海裏死去的不是少數，這就說明讀書要有選擇，要注意精讀。愈是浮躁的時候，愈要相信誠實厚道的人會有更多機會，而愈是貪求快速的世界，愈會有追求精良質素者的天地。讀書，寫書，做事，做學問，都是如此。

讀書就像行山，行山的人有三種，一種人是心血來潮匆匆忙忙去行山，也不找山路，胡亂走了一會兒，倦了，就停下來了。第二種人是找到了山路，走著走著便忘了自己在爬山，一直不停地在山路上走，卻一直走不到山頂。第三種人則是尋著山路，看著路標，一步一步地走向山峰。第一種人看到的是「樹」，第二種人看到的是「路」，第三種人看到的才是「山」。讀書也是這樣，第一種人看到的是「字」，第二種人看到的是「意」，第三種人看到的才是「道」。現代十幾年的學校教育主要是教人如何完成從「字」到「意」的過程，這篇小文則想提醒諸位，在此之外其實還存在另一層次的追求，即從「意」到「道」的過程。

從「意」到「道」是一個「悟」的過程。「道」在本質上是簡單的，沒有像人們所想像的那麼複雜，古人云「大道至簡」。然而，悟「道」並非易事。把書讀薄，找到藏在書裏的那份醬油，無非是想告訴我們，從浩瀚書海裏去悟其本質規律與理論，是有可能的。

劈柴的學問

素位而行，
無不自在，
居易以俟，
樂在其中。

在鄉村，我最喜歡的風景是黃昏時分的縷縷炊煙。夕陽尚未下山，青山腳下，矮矮的村舍屋頂上就開始飄起白色的、帶著原木味清香的炊煙。這炊煙從來不是筆直地向上升去，而是緩緩地、結幫成堆地在山腰上縈繞盤旋。

我剛下鄉時特別喜歡獨自坐在山坡上，看縷縷炊煙，聞著炊煙那股清香。有時候，路過的農友會提醒我：「該去燒飯了！」這時忽然覺得自己的肚子開始餓了，要去燒飯了，我的屋頂上也該起炊煙了。

然而，燒飯卻沒有看炊煙那麼浪漫，那麼美好了。

生產隊給我造了簡陋的房子，裏面有灶，可以燒柴和稻草，一日三餐必須自己燒。我搞來兩個熱水瓶，一般中午或晚上燒一次飯，另外兩餐的飯就用熱水燙一下應付過去。來鄉下之前也是看過人家燒柴火灶的，但萬萬沒有想到自己燒起來會有這麼多麻煩。無論燒柴還是燒稻草，火總是一會兒就熄了，再重新引火，燒旺起來後，一會兒又熄火了。這樣燒一頓米飯總會有十來次熄火的時候，前前後後要花一個多小時。有時中午從田畈回來，肚子正餓，連忙燒飯，但飯總是燒不好。一兩個小時後待飯燒好了，菜做好了，肚子卻不餓了，吃飯的情緒也沒有了。更多時候是，燒了一個多小時了，飯還沒燒好，肚子也不餓了，自己對自己說：「今天就算了，咱們不吃了！」

鄰居的老大娘發現我常常不燒飯，就過來同我說：「這樣不行，長久下來是要得胃病的。」她說完立即坐到灶前，吹一下，把柴或稻草一點一點「架」起來，於是火就慢慢旺起來了。燒柴火的容易程度與柴劈得怎麼樣大有關係，劈柴是比燒火更難更重要的事，於是老大娘就開始教我如何劈柴。

我本以為劈柴是件極容易的事，想不到劈了整整半天，只劈了小小的幾根，而且粗粗細細，很不均勻，不容易燒火。中午時分，老大娘來了，她說：「你來看我怎麼劈。」我的天啊！我一看，嚇了我老半天，這麼矮小瘦弱又佝僂著的老人竟然會兩下三下就把一根粗壯的木柴劈得停停當當。我問她：「這大概要用很大力氣吧？」她說：「沒有，但要把力用到口子上。」

「竅門是什麼呢？」她說：「很簡單，要找準劈柴的位置，要從柴的小頭劈起。」

劈柴為什麼要從柴的小頭劈起呢？一方面是因為柴的小頭直徑較小，刀刃容易砍進去，而且小頭的木質也會鬆一點，所以容易下手。更重要的是，另外一頭是大頭，大頭比較粗，劈小頭時大頭在底部，就很穩定，力使得進去，也不用花力氣去平衡木頭，劈下去的力更可以直接用在切開的功能上。通常是看準小頭劈柴的位置，一刀劈下去，劈到柴長度的百分之八十的位置，用手把刀柄輕輕一轉，柴的兩杈就輕鬆地分開了，用不了太多力。

當我掌握這劈柴的功夫之後，心裏高興極了，那段時間一有空就想劈柴，自己的柴劈完了，就去老大娘家幫她劈柴。那時村裏的農友老有東西送我，一碗麵條，一袋紅薯，或者幾個雞蛋，我也沒東西可以回贈他們，所以常常會說：「你們家有柴要劈嗎？」把柴劈好，再一捆捆紮好，堆在牆邊上，自己看看，蠻有成就感的。有時路過的農友也會誇幾句「這柴是誰劈的？劈得這麼整齊！」聽了這話，我心裏不知有多高興！

多少年過去了，回想起這段經歷仍很感慨。仔細想一下這劈柴的經歷，對我們的處事為人，以至於對我們的工作和學習，都很有啟示。「劈柴」的第一個教訓是，我們做任何事情，首先必須找到一個最佳的切入點。開始從事一項研究也好，開始擔任一個新的職務也好，開始處理一件案件也好，最重要的是確定從哪裏下手，切入點在哪裏。切入點，或者稱作突破口，是極其重要的，找準這個突破口是任何事情成功的先決條件。有時對一個研究課題，你會苦思冥想好幾個月，一點思路都沒有，就像在一個古堡四周繞來繞去，就是進不去，這實質上就是找不到突破口，更多的時候是找錯了突破口，於是只好再回到原地。所以，找到了突破口是成功的一半。

古人講「居易以俟」，就是說在你所要做的事中，選一個容易做的事，從那件事開始做起，以此作為切入點，再去做其他工作，一切就會順利一點，效率也會高一點。一位做基層領導的朋友，聽我講到這點，興奮地對我說，他去年【一】在一個小地方做縣長，就是按照這個思路，先調查了一番，給自己規劃了一個工作清單，先從容易的那件事情做起，效果意想不到地好，群眾社會都很讚賞。因為從容易的事做起，成功的可能性就較大，成功之後自己也會有更大的信心，積累了經驗，爭取了支持，這些都是可貴的資源，用整合的這些資源來開展之後較難的工作，相對地就容易一點。

有一位從醫多年的老中醫，我曾經問過他一個問題：「對一位身患幾種疾病的老人來說，你治病一般先治哪種病？是不是應該先治那種最主要，或者是最難醫的病？」他回答道：「這要看情況，通常是從病人的實際情況出發，從比較容易治的那種病下手，先把這個病解決了，部分功能改善了，由於人體的各個部分都是互相關聯的，一個問題改善了，其他問題解決起來也會容易一點。」這種治療的方法是典型的「居易以俟」的哲學思想。

「劈柴」的第二個教訓是，做任何事情「定位」極其重要。一個人，一個公司，一個學校，都是一樣的，如果定位不清楚，或者定錯了位，失敗是遲早的事情。多年前，一個學生來看我，聊了他當時的工作，講了半天，意思大概是他工作做得不錯，很勤勉努力，領

【一】編者按：本文作於二〇一七年。

導也知道，而且他做的事是公司其他同級別的高管無法做的，但到年終，他發現幾乎所有同級的高管都升級了，而他卻不僅無份升級，還有可能丟了飯碗，自己總覺得很吃虧。我仔細了解了他的職務和工作性質，詢問了他們公司的評價體系和老闆的要求。我最後同他說：「還是一個定位問題，你努力在做的那些事情不是你的位置應該做的，即使做得如何成功也不會有獎賞，因為你份內的工作可能沒有做好，重要的不是你努力不努力，而是你的定位有沒有定好。」

《中庸》中講「素位而行」，意思就是安分地做自己那個位置的工作，位置找準了，就有成功的可能，找偏了，找錯了，你盡了最大的努力也枉然。就像劈柴，你找錯了位置，從大頭劈起，對不起，最大的力氣也只是事倍功半。我碰到很多職場新人，論勤奮，論人品，論才能都是一流的，但就是不清楚自己的定位，有的是一開始很清楚，後來忘記了，有的是始終沒有清楚過，所以總是在工作單位很不得志，在我看來根本上就是對自己的定位出了問題。

每個人每到一個地方，無論是公司，或是機關，或者是其他單位，首先必須想到你的定位是什麼，你有什麼「Niche」（特點），你是否有這個公司所需要的核心技術，你是否能夠為公司找到有價值的客戶，你是否能夠整合資源，給這個公司帶來價值。即使你不是新員工，每個人都應該時刻保持「定位感」，時刻提醒自己定位是需要隨時改變的，你如果幾十年做差不多同樣的事情，你對自己的定位沒有變化，而心裏老想著提升級別，那怎麼可能？做副教授，有副教授的定位與職責，做正教授，有正教授的定位與職責，做院長，有院長的定位與職責。世間的工作無論職位高低，收入多少，不分貴賤，但有一點是共同的，那就是要清楚定位，這樣工作才會有起色，才會受到上司下級的尊重。

我在我辦公室外面的走廊上掛著一幅字，上面寫著「素位而行，無不自在，居易以俟，樂在其中」，這對我在劈柴中所學到的學問是一個很好的總結。

前年春節，我重返四十年前下鄉的村莊，特地去找了當年劈柴的地方。當時村裏建了這兩間特殊的小屋給兩位知識青年住，我住了其中一間，我的那間小屋已經不在了，但隔壁的那間小屋尚存，小屋旁邊是我熟悉的小河，河邊斑駁的石灰牆正是我當年堆放一捆捆木柴的地方。教我劈柴的鄰居老大娘，和她在另外一邊的排屋，都早已不在了。排屋後面的那條大江和江上那迎風吹動的蘆葦還在。江的對面，還能看到青山腰裏的縷縷炊煙，睹物思故，當年許許多多的往事就像珍珠一樣，一顆一顆鮮活地跳了出來……那苦難的歲月，不僅讓我學會了劈柴、放牛、種田，也讓我理解了生活的真正意義和處事為人的許多準則。

野百合也有春天

沒有一個冬天不可逾越，也沒有一個春天不會到來，我們每一株野百合都會等到一個明媚的春天！

前幾天，有位畢業班的同學給我發來微信，說想找我聊一聊。那陣子正忙，我好不容易擠出半個小時的時間給她，我說：「你來吧，但請準備好，有什麼事抓緊說，因為我時間不多。」那天，她來時，已經接近中午了，她一進我辦公室，坐下後的第一句話就是：「校長，我的人生還能走下去嗎？」我心裏一沉，心想：「發生了什麼事了？」這位同學我雖不很熟悉，但我在學校各種活動中經常看到她的身影，是位有才華、有活力、有人緣的同學，在我心目中是這屆畢業生中非常優秀的同學之一。仔細一問，原來還是因為學習成績稍微低了一點，看到別的同學都相繼申請到了很多名牌大學的研究生或是國際大公司的職位，總覺得自己不如人家，對未來感到極度渺茫。

於是我花了很長時間來開導她，給她講了幾個我從前遇到過的學生的故事，直到她臉上慢慢露出了一絲笑容。其實每個人都有自己的弱點，過分關注自己的弱點，會誇大這個弱點對自己的影響，從而對自己失卻信心，但從長遠來看，這個弱點或許是極其微不足道的東西。

很多年前，我曾在農村的一所學校裏教書，給初一、初二年級教數學和英語。有一天上午課間時間，我們幾個老師都在辦公室，一位男同學急衝衝地闖進來，大叫著：「有人要跳樓自殺了！」我們幾個連忙跟著他跑出去，看到在不遠處的欄杆旁站著一位女生，是初二班裏的B同學，B同學很文靜，學習雖然不是最拔尖的，但也還不錯，是個很懂事的孩子，對老師很有禮貌。一位老師衝上前去把她拉住，她也沒有掙扎，很順從地被拉進了辦公室。我想她可能也不是真的要去自殺，但神情還是很迷茫恍惚，看來精神上受了什麼打擊。他們班的C老師是一位很有耐心的老教師，就讓她留在辦公室慢慢地開導她。

中午吃飯時，C老師還在辦公室裏和她談話，但也找不出什麼原因，B同學始終不說話。午飯後，C老師讓她坐在他旁邊的椅子上繼續聊，我的桌子就在C老師旁邊，因而我能聽到他們在談些什麼。那天的陽光很好，照在我臉上暖洋洋的，窗台上的知了大聲地叫著，我聽著聽著，不知不覺就睡著了。

等我醒來時，隱隱約約聽到他們的談話好像有了進展，我不禁豎起耳朵，發現事情原來是這樣的：這位女生喜歡上了班上的一位男同學，但是那位男同學並不在意，後來她發現這位男同學喜歡另一位女生，因為他喜歡留長髮的女孩子，而她是短髮的。我閉著眼睛聽他們說話，心裏覺得又好氣又好笑，這孩子為這麼一件事要鬧自殺，真是犯不著。C老師對她講了很多大道理，「你年紀還小，學習是最重要的，以後可以找到更好的男生……」但是好像還是說服不了這位B同學。聽到這裏，我真有點忍不住了，我睜開眼睛冒出一句話來：「你這短頭髮是可以長的呀，過幾個月就會變成長頭髮的呀！」他們兩位都吃了一驚，接著，B同學緊緊地盯著我看了很久。下午的課開始的時候，她主動說：「我想通了，不會鬧了，我想回教室去上課了。」

事後我想，這孩子怎麼會這麼笨呀！連頭髮是會長起來的都不知道。但過後想來，可能並非那麼簡單，人，尤其是青少年，一旦碰到挫折和失敗，就傾向於把這個失敗的影響力推到極端，無窮地放大，放大成為自己人生最重要的事情。這種放大，是一種凝固式的放大，看不到事物都是在變化的，看不遠，看不寬，會把自己鎖在那個放大了的失敗裏面，走不出來，於是就產生了許多傻想法，再極端一點的就會去尋短見。

那麼，如何才能從這個死循環中走出來呢？我在美國教書時遇到過這樣一位學生，我們就叫他D同學吧，D同學來自紐約州北部，非常出色，大三的時候上我的課，後來一直跟我在實驗室做senior project（畢業論文），他是我們學院那一屆裏最好的學生之一，不僅理解能力好，編程快，動手能力強，而且個性特別好，總是樂呵呵的，同學老師們都很喜歡他。他同我講，他有四輛車（一個在校的本科生有四輛車，對我們的學生來說恐怕是無法想像的），都是朋友給他的舊車，常常是朋友的舊車壞了，他幫他們修好，朋友就說反正他們家的車多，你就拿去用吧。我說你要那麼多車幹什麼？他說，其實這四輛車都是不一樣的，比如說，他有一輛大卡車可以載貨，朋友們每年都要換宿舍，要搬家，他就可以用這輛車去幫他們搬家。另外，朋友的車常常會有「罰單」，但又窮得付不了那麼多罰單，他就會把他多餘的車牌給朋友們用，這樣朋友們就可以繼續開車而不用擔心付罰單的問題了。明顯地，他是個處處為朋友著想的樂天派同學。

有一天晚上，我們都在實驗室為第二天的一個重要的項目評審做準備。晚飯的時候，一位學生一不小心把實驗室裏的裝置摔壞了，機器人在空間實驗室裏發瘋一樣地亂撞，我連忙讓大家切斷電源，這個時候離第二天的正式展示時間只剩下不到十個小時了，想到我們會在那麼多重要人物面前出醜，心裏很是著急。這時候，D同學去外面端了一杯咖啡送到我面前，笑瞇瞇地說：「請您放心，我們一定能夠把它恢復起來！」我疑惑地看著他，心裏想：「這位年紀輕輕，本科還未畢業的學生，是什麼東西讓他這麼鎮定，這麼自信的呢？」

這件事過後，我請他吃飯，我問他：「你的個性怎麼會這麼好呢？」他慢慢地說：「其實我曾經是一個很自閉的人，有過兩次自殺的經歷，都是在醫院裏搶救回來的。」於是，他給我講了他童年的故事。第一次自殺發生在他父母鬧離婚的時候，晚上吵得睡不著，半夜裏彷彿聽到父母在爭論，離婚的原因是由於他的存在。他想，我怎麼這麼倒霉，我的出生為我的父母帶來這麼大的不幸，我還不如不要活下去的好，於是去偷了母親的安眠藥。

第二次是發生在若干年後，他母親決定改嫁的時候，他覺得身邊唯一的一位親人也要拋棄他，他覺得他在這個世界是那麼的多餘，於是就去尋短見。

他是從讀寄宿中學的時候開始走出童年陰影的。他突然發現，這個世界除了他自己的家以外，還有那麼多人，那麼多愛著他、關心他的人存在。他開始與宿舍裏的人交朋友，與老師交朋友，開始去做很多志願者的工作，開始感到自己是很有用的，能夠幫助很多朋友解決他們不能解決的問題。

是的，為什麼人在挫折失敗的時候會感到悲哀，以至於輕生呢？我想這主要的原因是「看不遠」。那位B同學是因為在時間軸上看不遠，看不到自己的頭髮還會長長的，那麼D同學是因為在空間軸上看不遠，看不到除了他家裏人以外，世界上還有更多的人、更精彩的事。

人生是漫長的，遠遠比我們想像的要長，在這個漫長的旅途中，崎嶇、坎坷、曲折是難免的。當我們碰到挫敗時，一定要學會向前看，向遠看，相信世界是在變化的，春天一定會到來。我們要把自己的衣服整理得乾乾淨淨，莊重自己，相信自己，感恩上蒼又一次給我們帶來成長的機遇。

山坡上的野百合，用不著去羨慕那些在精緻典雅的廳堂裏擺放著的鮮花，我們只要耐得住寂寞，只要能堅信自己的力量，就一定能夠等到春天的到來。

「冬至過後一陽生」，神仙湖的春天來得特別早。我想沒有一個冬天不可逾越，也沒有一個春天不會到來，我們每一株野百合都會等到一個明媚的春天！

孟先生

多少年後，每當我們回想起他們的時候，哪怕是在風雪交加的晚上，都會感到那種久違的寧靜與溫暖！

有些人，曾經在我們的人生中，安靜地出現過，陪我們走了一段路後，又安靜地消失了。多少年後，每當我們回想起他們的時候，哪怕是在風雪交加的晚上，都會感到那種久違的寧靜與溫暖！

孟先生就是這樣的一個人。

孟先生是我下鄉的那個村裏的生產隊會計，他和我是村裏少數兩個異姓人，這個村百來戶人家，以兩個大姓為主，分居在小河的兩岸。我不知道孟先生是從哪裏來的，緣何落腳在這裏，只知道他比我來的要早得多。孟先生當時已有五十來歲，身子佝僂得厲害，總是穿著一身淡灰色的中式布衣，乾乾淨淨。有時候大家會調侃他，問他怎麼總是穿得這樣清爽（乾淨的意思），他總是說是老母親給洗的。是的，他有個老母親，但從未聽說過他有妻子，至於他為何沒有結婚，我沒有打聽過，大家對此都諱莫如深，可能是有點歷史問題吧，看他的樣子，斯斯文文的，應該是個讀書人出身，大家很少談論他的過去，我也不去問。

孟先生面目清癯，給人的第一印象是很有靜氣，平和理性。他是那種慢熱的人，不會主動過來打招呼，甚至很少有笑容，但也從未見他發怒。他說話不多，慢條斯理，從不教誨人，行事極為低調，說話辦事實在，用現在的話來說，不作，不虛，所以大家都很尊重他。那個時候在村裏，吵架是常事，也常常聽見人們在背後說別人的壞話，但我從來沒有聽誰講過孟先生的壞話，如果有誰碰到了難事，人們也都會說，讓他去問問孟先生，對他的尊重，由此可見。村裏老老少少見到他，都會叫一聲「孟先生」，注意，那個時候很少有人可以被公開稱為「先生」的，人們都互稱為「同志」，像我這樣最底層的年輕人，一般都稱呼人家「師傅」，能被稱為「先生」的極少，我記得當時好像只有魯迅，大家是稱為「魯迅先生」的，不是「魯迅同志」，可見孟先生在村裏是有江湖地位的。有人的地方就有江湖，江湖地位並不是一朝一夕可以達到的。

由於孟先生和我是村裏兩位「有點文化」的外姓人，村民對我倆做事比較放心。孟先生是會計，忙的時候就會來叫我幫忙，我也很樂意幫他，主要是兩樣事務，一個是記賬，村裏要記賬的事情很多，最主要的是記工分，要記得清清楚楚，有時候還要村民按指紋或打章，以示公正。其餘的還有很多賬目，一般是需要我幫他核校一下是否正確。孟先生打算盤很厲害，十幾分鐘打下來，很複雜的一個賬就算清楚了，他從老花眼鏡後面瞧我一眼，「小徐，你核一下，看有沒有錯。」我從來沒有發現過他有什麼計算錯誤。打算盤是一項絕活，我母親是個高手，手在算盤上像飛一樣，四位數的乘法一兩秒鐘就算完了，每次看她打算盤，我總想我大概一輩子也學不成這樣。幫孟先生做賬，是我唯一一段有機會練珠算的時光，現在想起來也覺得很難得。

孟先生需要我幫忙的第二項事務是每晚生產隊要「學習」，讀報紙，讀文件，常常孟先生讀一兩頁後，就會叫我繼續往下唸。孟先生讀報是典型的「紹興官話」，蠻好聽的。「紹興官話」是一種特別有趣的語言，外地人覺得是紹興話，紹興人覺得是普通話。有一次一位外地的公社幹部聽到孟先生讀文件，誇他說：「孟先生，你的紹興話很好懂。」孟先生說：「領導，我說的是普通話。」

孟先生是位很有智慧的人，我在他身邊看他處理過大大小小不少很難辦的事。有一年早春，天氣極為寒冷，青黃不接，吃了上頓沒下頓，餓過肚子的人都知道，那個難受是一般人無法想像的，起初兩三天還可以忍，到了第四天真的比死還難受。以往到了晚上，吃過飯後人們會到村裏小橋邊上閒聊，但是那一天，沒有人來，只有我和孟先生兩個人，不遠的地方站著S叔。S叔是個復員軍人，總是穿著一件軍大衣，他個子很高，背對著我們，在橋上站著，看上去很有「將軍」的風度。但我們都知道，這是他家最難熬的日子，他家只有他一個勞動力，妻子長期臥病在床，五六個小孩都還小，全家根本吃不上飯。那天，孟先生和我講，明天會有一船紅薯，是隊裏從公社拉過來的，救救急，他說，「不知道上頭的意思是怎麼分？」我說，「大概還是按勞分配吧。」也就是按每個人的工分來分紅薯，孟先生沒有說話，眼光望向橋上的S叔，嘆了一口氣就走開了。

第二天一早，小河兩岸就熱鬧了起來，滿載紅薯的大船撐過來了，孟先生和我連忙去倉庫，隊長指揮著大家，一擔擔把紅薯運到了倉庫。先稱重記下來，再放好，一兩個鐘頭後，我倆就把整船的紅薯總數算出來了，然後再把總數除以村裏勞動力的總數，定下來每個家庭可以分到的量。只不過，問題來了！等所有家庭把紅薯取走後，我倆發現倉庫的角落裏還剩不少紅薯，你想，卸船時是一擔擔加起來的總數，分配時是大家一擔擔取走的，其中肯定有積累誤差，這完全正常，只是剩下的這些是不夠再均分給所有村民的了，怎麼辦呢？

孟先生看了我一眼，問我怎麼辦。我也沒有主意，他說不如把這些紅薯給S叔家送去吧，他家那麼多小孩，按勞分配最吃虧的是他家，搞得不好，是要出人命的。我表示贊同，於是就把所有剩下的紅薯裝上籮筐，兩個人抬著往S叔家去送。路過小橋，遇見了隊長，孟先生同他講了一聲，他也很贊同。孟先生在橋上叉著兩手和隊長講話的樣子，我覺得很威武，比S叔更像將軍。

後來還碰到很多事，孟先生都妥帖地把事辦了，我覺得他很了不起。如果要把他的處事原則用現在的話總結一下，大概有三條：一是沒有私心，他老是同我們講，取之於公，用之於公的事，錯不到哪裏，關鍵是不能有私心；二是集體決定，他辦事總是和幾個人商量而定，哪怕只有一個夥計，哪怕是像我這樣的年輕人，也充分尊重我的意見；三是溝通，與上與下都要充分的溝通。這三條我覺得是任何一位管理者都應該明白的道理，一個人在社會上混，不可能不犯錯，但只要他能記住這三條，就不會錯到哪裏去。

社會是道場，淤泥出蓮花，孟先生就是一朵蓮花！與孟先生交流最多的是在放工回村的路上，當隊長的哨子一吹，宣佈「放工了」，所有農友就立刻著急往家趕，有的是回去燒飯，尤其是婦女們；有的是著急回家上廁所，因為那個時候肥料是大事，「肥水不流外人田」，所以每次走在最後的只有我和孟先生。回村的路要走半個多小時，我們就會聊很多事情，他同我講得最多的還是鼓勵我，他總說，「你是有前途的，要往遠處看，世界是變化的，機會是會有的……」這些話來來回回反覆地說，他又說，最怕的不是沒有機會，而是機會來臨的時候，你自己不想要了！有的鳥就是這樣，在籠子裏關久了，習慣了籠子裏的生活，放出來之後，也只會在籠子周圍轉來轉去，而有的鳥卻是關不住的，總是嚮往自由！

那個時候，我前面的路一片黑暗，看不到一絲希望，他的話就像透過陰雲的陽光，讓我少了許多孤獨和寂寞。

孟先生是個善人。我從小喜食小魚小蝦，祖母總會買來簡單蒸一下，很是可口。到了鄉下，我們村臨江，對面是集市，很多小船會經過我們村去集市買賣，等集市結束後，又會路過我們村，有時候我正好看見他們船裏有許多尚未賣掉的魚蝦，一般都是雜的，有大有小，我會去買下來，叫作「倒擔」，很便宜，從來不會超過一毛錢。但是，買下來小魚小蝦後，清理是個大問題，很花時間，我挑了幾條大一點的魚清理後，對那些很小的魚，真不知道該怎麼辦。正在我猶豫時，孟先生路過說，花這麼多時間清理這些小魚，到嘴裏只有兩口，沒多少肉，不如放了牠們，等到明年就是大魚了，也算是積德。我聽了覺得有道理，就去河埠頭把這些小魚都放生了。

幾次下來，在田間做農活的時候，就聽見人們在背後議論我，特別是那些老年婦女們，說我這位城裏來的知識青年真是個善良的人，德性好得很，把小魚倒在河裏放生。我聽了之後，很是慚愧，即便這算是一個善舉，其中至少一半的動機是因為我清洗不了，或者說懶得清洗那些小魚小蝦，而另一半則是孟先生叫我這樣做的，並不是我自發的。

幾十年後，有一年春節，我終於有機會重訪我當年下鄉的村莊，找了半天，終於找到了當年宿舍的位置，從那間小屋作為參照，再去找那個臨著大江的河埠，竟然還在，而且在那裏還遇到了當年經常一起玩的農友和他的妻子。多年不見，大家不知道要說些什麼，他低著頭，我也低著頭，我看到他腳下的江水，淺淺的，清清的，連水草和成群成群的小魚都看得很清楚。

啊！我忽然想到了那些我放生的小魚，就是在這個河埠，這一級級的台階下面，這清清的水中的小魚，或許就是我當年放生的那些小魚的子子孫孫吧！於是，我想起了孟先生，我都不敢問，怕是很久以前就過世了吧！他的身後沒有子孫，不像那些小魚……孟先生那清癯、平和、充滿智慧的面容，一閃一閃，浮現在這淺淺的江水上面……

拍手

從今天起，開始為別人拍手喝彩，為別人點讚，如果我們經常為別人拍手，離別人為我們拍手的日子就不遠了。

一年一度的畢業典禮，如果沒有其他重要活動，我一般都會去參加，不是因為喜歡熱鬧，主要是想為學生們喝彩。大學生們寒窗四年，終於熬來一個畢業紀念日，不容易。如果有我的博士生畢業，更覺得應該來為他們見證這個歷史時刻。何況，有時名譽博士的講演極為精彩，也是聽聽這些智者宏論的大好機會。所以，我常常參加畢業典禮。

每一位畢業生上台，在台上就座的我們，都要拍手鼓掌以示祝賀。一開始還行，等到五百名之後，實在有點悶（boring），初時響亮的掌聲不再了，有時稀稀拉拉，有時前後不一，坐在台上的我，此時甚感不安，一個偌大的台上只有兩三個人在拍手……於是我對自己說，我必須繼續拍下去，否則場面很尷尬。

拍啊拍，單調沉悶中我有時會環顧一下台上其他教授們，究竟還有誰仍然在拍手？幾次觀察之後，有一個奇妙的發現：凡是一直在拍手的人，大都紅光滿面，神采飛揚，至少看起來身體強健，跟年齡似乎無關。我心裏不禁想，哎呀！拍手還是一個很好的鍛煉呀！於是繼續拍手，為那些畢業生們鼓掌喝彩。

後來，偶然在書店看到一本書，名叫《拍手治百病》，是一位名中醫多年診療的經驗心得。翻了一下，大致的意思是十指連心，生命的歲月就在人的手掌之中。手掌連結心包經、肺經、心經、大腸經、小腸經、三焦經等許多經絡。每天拍打，使全身的經絡通暢，氣血通暢，可以改善心肺神經功能，也有益於調節消化呼吸系統，提高免疫力。乾隆皇帝曾經有一首詩「掌上旋日月，時光欲倒流，周身氣血清，何年是白頭？」不用太深的醫學知識，我已十分臣服，恨未早讀此書。

想來十分奇妙，當我們努力拍手為人家的成功喝彩的時候，自己也會倍有裨益。這大概就是「仁者壽」的道理，懷有仁愛之心、胸懷寬廣的人容易健康長壽。

後來大概是因為年歲增添、資歷加深的緣故，需要在不同場合拍手的機會也越來越多，有時幾乎覺得拍手也成了一種「工作」。無論是為人捧場，亦或者工作需要，端坐台上，於眾人當中，無需講話，也無需表演，只是「拍手」，為領獎的人們拍手，為精彩的發言拍手，為重要人物的亮相拍手……

以前有人講，人的一生中要做兩種工作，一是要「演戲」，不論是做經理、科長，還是做老師、校長，都要進入角色，有時演主角，有時演配角，有時演丑角，都要努力演好。二要「看戲」，人不能總是演戲，那太累了，看看人家演戲也很不錯，但看戲要有好的心態，不要指手畫腳，要努力做好「觀眾」。我現在發現，還有第三種工作，那就是我前面講的「拍手」。拍手者，既不演戲，又不看戲。但也可以說既在演戲，又在看戲。有時覺得很悶，有時也覺得很值。人家付你工資，你無需動腦，動體力，只要「拍手」，這還不合算？

所以，拍手者，於身、於心、於人、於己，都有益！

我去鄉下務農時，村裏派了一個建築隊去省城修建房子和圍牆，我在那裏做最底層的建築小工。那是個悶熱的夏天，有時可以在陰涼的巷裏階石上坐一會兒。偶然中發現街旁有一個很雅致的書房，書房的主人大概比我大十來歲，總是低著頭在看書。出於對書的渴望，我常常盯著書房看，不久，那個書房的主人也注意到我，邀請我到他書房裏坐一坐。當我邁進他書房的時候，我呆住了，這書房的主人是沒有下肢的……但他那麼樂觀地追求學問，實在讓我感慨不已。就這樣，我們時常聚在他的書房中聊哲學、聊文學、聊科學、聊建築……離別那天我去找他，他不在家，可能去醫院了，我就寫了張紙條塞進他房間。回到鄉下後，我收到他的來信，我還記得在信的結尾他是這麼寫的：「記住，你是一位有前途的青年人，雖然我沒有腿，但我有手，我要用我的雙手為你拍手喝彩……」在我最艱難的日子裏，在我最需要鼓勵的時候，是這位只有一雙手的人為我拍手喝彩的。

人是需要鼓勵的，在這個世界上，每個人都需要喝彩。如果你的人生無人喝彩，請不要悲傷，不要懷疑，從今天起，開始為別人拍手喝彩，為別人點讚，如果我們經常為別人拍手，離別人為我們拍手的日子就不遠了。

朋友圈

就像魚兒也不是都游在同一條河裏一樣，人活在世上能結交幾位知心朋友，都是緣分所致，理當珍重。

有一天中午，我獨自在家吃飯，偶然看著家裏天井的小魚池，細雨下金魚在游，忽然發覺似乎比平時多了幾條金魚，顏色也與之前的金魚不同，問了家人，才知道是朋友剛剛送來了幾尾熱帶小金魚，很漂亮。我心想，以前這些金魚可能太寂寞了，只有那麼三四條，現在來了一批新朋友，應該很高興吧！但轉念一想，可能也未必，因為不知道這些魚會否認識這些新朋友，或者說不知道這些魚能否記住以前的老朋友，從而能意識到這些新朋友呢？好像聽人講過，魚的記憶只有七秒，我不知道這是不是真的，但魚的記憶力是有限的，這可能沒錯。記憶力有限，那麼認識的朋友應該也是有限的。

正當我在遐想著魚的「朋友圈」的時候，我的手機響了，最近有不少人來加我微信，尤其是學校裏的學生、家長、老師，我的「朋友圈」一直在擴大。我在思考一個問題，我是不是能夠這樣無限制地擴大我的「朋友圈」？魚的記憶力是有限的，難道人的記憶力是無限的嗎？如果人的記憶力是有限的，那麼當你的朋友圈增加到一定程度後，你再增加新朋友時，你實際上是在減少原來已經存在的老朋友了，或者準確地說，你正在減少花在老朋友身上的有效時間和精力。

當然，這是要到一定的數量後才會發生的事，這個「一定的數量」實際上代表了一個人的記憶能力，也就是一個人每天花在微信上的精力時間。每個人的記憶力不一樣，花在微信上的時間也不同，但整體而言，從平均意義上講，我想應該有一個極限值。也就是說，一個人的朋友圈的數量應該有個極限值。

從物理上講，任何東西都是有極限值的。按我祖母的說法，世上的東西都是有一個「數」的。你看門口的大樹，大樹能長多高？一般最高的樹是多少米？估計是八十米，就算是一百米吧，你看見過比一百米更高的樹嗎？看見過比兩百米更高的樹嗎？所以樹的高度是有極限的。同理，人的身高、壽命、記憶力等估計也是有極限的。

這個問題很有趣，我想把它歸納為這樣一個問題：人在一生中最多能認識多少人？這個「認識的人」當然也包含以下這些情況：那個人我記得是我弟弟的同學，雖然我忘了他的名字；那個人我知道他是誰，經常在電視裏看到他，雖然他不認識我；那個人我很面熟，應該是很多年前的一位街坊，雖然已經有很多年沒有來往了……這些人都包括進去的話，你覺得你到今天為止的人生中認識的人的總數是多少？各位朋友，請你先想一想這個問題，估計一個數字。

雖然不完全一致，但是我們可以換個角度來思考這個問題：請你查一下，你今天的朋友圈裏總共有多少朋友？前一兩年，我在各地做報告時有意無意地向觀眾問過：「請你告訴我，你朋友圈裏的朋友總數是多少？」我為什麼要問這個問題呢？因為我的報告主題是想說，人的記憶力是有限的，而「人工智能與機器人」的記憶力是可擴展的。記憶力強對人來說是件好事，但人不應該與機器人去比記憶力，正像跑步跑得快是好事，但人不應該與汽車比誰跑得快。

我在不同場合粗略統計的結果是這樣的，對一個一般的成年人來說，這個數字是一千到兩千，中學生會少一點，大概是三百到四百，退休的老人我沒有統計過。結論是：一個成年人在現今世界的社交面大概是一千五百人作為極限。這當然是非常粗略的，不是專業的統計，這裏不是學術研究。

我得到這個數目的時候真是嚇了一跳！人，還真是很不簡單，居然有能力同時與一千五百人打交道，這個網絡時代太厲害了吧！我們祖上可能做不到這麼多。當然，一千五百人不是你每天都要打交道的，有的可能幾年都不聯繫一次。隨著日月交替，朋友圈當然也在不斷更新。

所以我們說，人在一生中能認識的朋友大概是一千五百人。當然，我們說的「朋友圈」泛指所有認識的人，有的可能只是一面之交而已，並不都是真正意義上的朋友。那麼，真正意義上的朋友，到底有多少呢？認識多少人與人的記憶力有關，而能有多少知心的朋友卻與人的感情、情商和經歷有關。

去年【一】是戊戌年，有人說年庚比較凶，我認識的名人也好，親友也好，有幾位相繼過世，幾乎每個月都要去參加追思會之類的告別儀式。這種儀式我雖然不是很情願去，要穿黑衣服，打黑領帶，沉浸在哀樂裏，但出於對逝者的敬意和尊重，我會儘可能去參加，除非正好出差在外，無法參加。畢竟，與逝者的友情是一生的緣分，無論怎樣都應該送他最後一程。

由於那段時間去參加此類告別會比較多，我有時會觀察一下，今天大概有多少人來參加。有的逝者比較有名，來的人當然會多一點，但大多數情況是親友們的聚會，範圍並不大，我的粗略統計是一百到兩百人，有人在生前其實是有很多朋友的，但我發現來參會的也就是這個數目。有的逝者是徹徹底底的老百姓，來參會的人數倒也不少於這個數目。粗略地說，我們就把這個數字定為一百五十人吧。來參加追思會的雖然也會有出於工作上的需要來應付一下的，但毫無疑問絕大多數是逝者生前的真心朋友和親人，是這世界上真正在乎逝者的人，或者說，是在這世界上逝者真正在乎的人，這個數字大概是一百五十人。

這很好玩，這個數字正好是前面所說的朋友圈裏你一生能認識的一千五百人的十分之

【一】編者按：本文作於二〇一九年。

一。從認識的一千五百人，到真正在乎你的一百五十人，在這個世界上，你認識了那麼多朋友，到最後能成為你真正的朋友的人，其實也就是其中的十分之一而已。這種統計當然不是很準確的，但至少說明在你認識的人中只有很少一部分人是你真正意義上的朋友。

世界很大，假如你出生之時胸前就掛著一部數碼相機，記錄著你一生見過的所有人，我估計臨終時你會發現你見過的人的數目會很大很大，在這麼多人中能成為你認識的人，已經是很不容易了，俗話講已經是很有緣分了。在這認識的人裏面有很小一部分人，在漫長的人生中逐漸成為知己朋友，實屬不易！就像魚兒也不是都游在同一條河裏一樣，人活在世上能結交幾位知心朋友，都是緣分所致，理當珍重。

我去年曾參加過一次告別會，當時與我握手的大多數人我並不認識，但是因為都是逝者的親友，凝重悲傷的臉色中能看到大家的友善，都為失去了一個好友而哀痛。在寒暄中，大家聊著逝者與自己的關係，一位是逝者的妹妹，哭得很悲傷；一位是逝者小時候村裏的人，是逝者把他這個村裏的放羊娃帶到城裏來工作的；一位是逝者的老同學，從外地趕來的；一位是逝者的老同事，與逝者一起工作了二十多年；一位是經常與逝者一起在公園裏下棋的朋友，他說自己的年紀其實更大一點，身體也更差，但想不到逝者竟先走了；一位是逝者原來的老部下，現在是當地的領導了；一位是十多年來一直在逝者家裏做保姆的阿姨……當我與這些人交談時，我彷彿在閱讀逝者一生的「傳記」，在與他傳記裏的人物一一對話。

我忽然發現，人的一生從表面上看是一連串你曾經做過的事情，有的宏偉，有的渺小。這一串事，似乎就是你的一生。但事實上，這一串事的背後，都是人。你的一生實際上是一串人，這些事情背後的人，構成了你充實而精彩的人生。我們平常大多注重功名事業，希望自己成功，希望自己的研究項目能火，希望自己的公司能火，希望自己的產品能火，這當然很重要，但你是否想過，當你在努力把一件事做成功的過程中，你結交了一批真心朋友，這些患難之交，不僅是你把事做成功的真正原因，而且使你的人生更為充實、精彩和快樂，擁有這些真心朋友，其實是你真正的成功。

幾位同學在爬山的路上常常與我聊起交友之道，交友是一件令人愉悅的事，彼此都能享受其中，但處理不當，也可能會成為一件痛苦的事。

交友不在於多，而在於真。真誠、坦白、仗義，是最為重要的三點，交友重質不重量，待友不做作、不虛偽，才能交到知心靠譜的朋友。真誠的朋友可以互為依靠，但不能以此為由，把朋友之間的關係變得功利庸俗。從前看過一副古聯：「讀書貴有七分閒心，交友須持三分俠義。」

交友須喜新而不嫌舊。人生一路走來，我們每天都會接觸到各種各樣的新朋友，從而學到新的學問知識，也使我們的生活更加豐富多彩。但我們不能以此為由忘卻舊時的好友。

交友要有大胸襟，要寬容、厚道，包容各種各樣的朋友。有的朋友在你最艱難的時候鼎力相助，但常常只能共患難，不能同富貴；有的朋友意氣相投，但主見不同；有的朋友總喜歡挑你的毛病，雖然他心裏非常希望你成功。要多給朋友一點包容度，每個人都不是完美的，正像我們自己一樣。

交友須有禮、有節、有度。最好的兄弟也要注意禮節。待朋友，尤其是好朋友，最難的是有「禮」，沒有「禮」，你總有一天會失去這個朋友，即使是最好的朋友，也會有不同的觀點。「同則相愛，異則相敬」，你的觀點未必是最正確的，也無須一定要你的朋友接受。待友要有度，你一天發五十個短信給朋友，任何好朋友都會煩，如果一年裏都沒有送一個短信給朋友，你的朋友就會逐漸疏遠，所以要有度。

真正的朋友，是需要用你的一生來呵護、來珍重、來感恩的。

短

言語簡短，
思想就會簡明，
生活就會簡單，
簡單的生活在現在
這個世界是何其可
貴呵！

我和學生們聊天時經常會講到：人生最重要的三件事，一是如何做人；二是如何辦事；三是如何說話。然而，就是這麼重要的三件事，我們的學校卻是從來不講的。讀小學的時候，以為中學會講，結果中學沒有講。老師們說，到了大學會講，結果大學都是教一些專業知識，哪有時間講這些。問問老師，老師說：「這些你們在中學不是已經學過了嗎？」結果，從小到大沒有一個學校會教你這些實際上對你的人生最為重要的東西。

所以，我在與我的博士生們爬山、散步、吃飯的時候常常聊到這三件事，尤其是第三件事——如何說話。這實際上是一個人處世立身的根本，無論在工作、學習還是生活中都是極為重要的。

我這裏講的「說話」，實際上指的是交流溝通的方法，包括寫文章、做 PPT、做報告、對付面試，等等。形式不一樣，語言或許也不一樣，但道理是一樣的，我把這個道理總結為三個字：「短」、「命」、「鬼」。疫情期間，我的一位學生把我十幾年前和他們講的這些東西整理了放在網上，後來許多朋友對我說，你不妨把這套東西完整地講給大家聽聽，於是，我就試著寫了。當然，我是理工科出身，寫這些不是專業的，搞文科的人看了可能會笑掉牙，但我想這也不要緊，你吃慣了大餐，嚐嚐我這道不是專業廚師燒的家常菜，或許有不同的味道。我現在就講「短」。

我不知道是哪位名人這樣說過：「演講要像女孩子的裙子——越短越好。」我認為這一條是寫文章和說話的首要原則。每當你開口說話的時候，一定要記住，你說話的時間是有限的。我在美國的時候，有位跟我讀博士的印度學生，學習還可以，是著名的IIT（Indian Institute of Technology）的畢業生，就是話太多，一開口就滔滔不絕，停不下來，在我們每週一次的會議上，好像都是他在說話。有一次，大學的校報徵集文章，題目是「春天來了，你最想看的是什麼」。這位同學去投了一篇短文，還發表了，他拿來給我看，我大吃一驚，他文章的題目是《春天來了，我最想看女孩子的腿》，我同他講：「要是在中國，你會被人看成是流氓的。」我接著說，「其實，如果你說話的時候，寫文章的時候，能夠注意把你要說的話講得短一點，就像女孩子的裙子，那該有多好！」他盯著我看了一會兒，很有感觸，連聲說，「有道理，有道理。」在往後的交流中，他說話的時候，說著說著，總會帶一句話出來，「我是不是說得太多了？」這說明他已經注意到自己的問題了。

說話和文章都要求「短」。比如說你去面試，教授說：「同學，從簡歷上看，你的學業不錯，也做過一些研究，不如你花十分鐘的時間介紹一下自己？」於是你就開始從家庭講起，然後學校、課程、經歷……講著講著，等你準備展開講自己的研究時，你發現，哎呀！時間已經差不多了。我面試過無數同學，你如果給他們十分鐘的時間介紹自己的話，一般情況是在第七、八分鐘的時候他才意識到要講些什麼，才開始展開他真正應該講的內容，結果就變得十分倉促，甚至因為時間不足而心裏發慌，語無倫次，把好好的事情講得面目全非。這說明把握好講話的時間是非常重要的，如果你平時就有良好的習慣，注意把自己的話講得短一點，簡單明瞭，言簡意賅，你是可以避免這種狀況的。

說話或寫文章要做到「短」，有兩步。第一步，內容要取捨；第二步，文字要簡練。我們先討論第一步。你在講話或者寫文章之前，要根據你想表達的內容精心取捨，要抓重點，在有限的時間裏有效地把該說的話說完。比如說，有一位領導來參觀你的實驗室，只有二十分鐘，但你的實驗室裏有五個研究課題，把每個研究課題都講清楚，需要花十分鐘，這樣的話你就需要五十分鐘的時間來介紹你的實驗室。當然，領導的時間不是你能控制的，他只有二十分鐘，那麼你有兩種做法，第一種做法是把每個課題用四五分鐘粗粗地講一下，這樣能把五個課題都講了。第二種做法是只講前面的兩個課題，留著後面的三個課題不講，或者最後非常簡略地一帶而過。我一般是採用第二種做法，要把事情講清楚，你就得靜下心來，細細地、慢慢地講，讓觀眾都能聽懂，人家聽懂了才能欣賞你的工作。如果你覺得每個課題需要花十分鐘，那你就花十分鐘，兩個課題二十分鐘講下來之後，你再說：「其實實驗室還有其他三個課題，因為時間有限，今天就不能展開講了。」當大家覺得你前面的兩個課題講得很精彩時，他們會有理由相信你其他的課題大概也做得不錯。這樣你的目的也就達到了。

內容取捨好了，你的文章能重點突出你精選的內容了，下面的功夫就是組織文字。組織文字的首要一條就是簡潔，沒有多餘的話、多餘的詞和多餘的字。我在很小的時候就知道了這一點，是我的三姨母告訴我的，她是民國時期培養出來的國文老師，經常在我家讀書看報。有一個夏天，我在老家台門口的小桌上做功課，老台門冬暖夏涼，夏天吹來涼爽的風，在那裏看書做功課是很享受的。三姨母看了我寫的東西，拿起一支鉛筆，說：「你看看這個字是不是可以劃？劃掉了這個字對這句話有沒有影響？如果沒有影響，這個字就是多餘的，就應該劃掉。」說著，她在旁邊的紙上寫了一句話，內容我已經記不得了，大概就是「我想我們可以去吃飯了吧」這樣的內容。她問我能否把「我們」兩字劃掉，我點頭，然後再把「我想」劃掉，句子就變成了「可以去吃飯了吧」。她又問：「還有可以劃掉的嗎？」我就再劃掉「可以」、「了」，最後只剩「吃飯吧」，這個方法我覺得很好玩。她說，每次寫完文章後都可以自己給自己「劃」，直到一個字也「劃」不掉了為止，魯迅先生就是這麼改自己的文章的，她還叫我把魯迅先生的文章拿出來自己去劃劃看，看能不能「劃」掉多餘的字。我後來還真的去試過，很有意思。

「劃掉」這個技巧不僅適用於詞或字，也適用於多餘的句子，比如，你發了個短信給朋友，問他上週你郵寄的書是否收到，朋友回的短信是這樣的：「書已經收到了，我放在桌子上，剛剛看了第一章。」這不是顯得很囉唆嗎？其實，你既然已經在看書了，就說明這書已經收到了，而書是否放在桌子上並不重要。所以，從簡潔的要求來講，這三句話講一句就行了。

總之，文章要短，短的根本在「簡」，「簡」要從內容和文字兩方面下功夫。言語簡短，思想就會簡明，生活就會簡單，簡單的生活在現在這個世界是何其可貴呵！

所以，說話或文章，要力求簡短，點到為止。「言語以簡重真切為第一」，我以為是人生一大重要守則。

命

凡成大事者，
先要取勢，
然後明道，
寫文章也一樣，
「命」的過程，
其實從高層看就是
「取勢明道」的過程。

在前文《短》中，我把說話和寫文章的道理總結為三個字：「短」、「命」、「鬼」。前文講到「短」，說話和文章要力求簡短、突出重點，這次我們談論「命」。

「命」有三層含義。第一層含義是指「命題」，或者「立題」，文章的題目要有高手來「命中」，如果文章的題目定錯了，什麼都白搭！第二層意思是指「命」中要害，定了題後，關鍵是要「切題」，「言語以簡重真切為第一」，前文談的是「簡重」，本文談的是「真切」，要回答所命的題目。第三層意思是，你把題目定好了，切題的材料準備好了，這篇文章的主綫就畫出來了。這條主綫就是你文章的生命綫，或者說「命綫」，下面就是要「順」著這條文章的「命」綫寫下去。如果把文章看成一條魚，「命」，就是要先確定魚的頭，然後確定魚的脊骨，把魚頭與魚尾相連，再保證魚的肉和內臟都分佈在這條脊骨周圍，而且順著它有序地生成。

我們先講第一步——如何命題。做學術研究的人去參加一場學術會議，現在常常是幾千人的規模，洋洋灑灑幾千篇論文，最常見的做法就是先瀏覽一下論文的題目，在你感興趣的論文前做個記號，找機會去聽聽。這說明論文的題目是最早吸引你注意力的要素。因此，「題」是非常重要的。「命題」和「立題」是考驗作者能力的重要一環。在學術研究上也是如此，對於一位剛畢業的博士生而言，能否獨立選擇一個有難度、有影響力的課題是一項非常重要的考察標準。

對於「命題」，我的感悟是「新意」最為重要。古人講：「立腳莫從流俗走，置身宜與古人爭。」命題要有高度、有新意、有創造性，文章千古事，不要求一時之譽，要追求久長的影響力。

我曾經輔導一位朋友的小孩練習高考作文，後來她對我說，因為我的輔導，她的作文分數至少提高了百分之二十。我不知道是真是假，但我記得我給她的練習是這樣的：你給自己定一些作文題目，完全隨機的，你甚至可以到報紙上去找隻言片語，比如說「父親」、「那天我生病」、「紅燒肉」……確定題目之後，你花五分鐘時間想一下，然後問自己，「如果班上其他同學碰到這個作文題目，他們會怎麼寫？」想完之後，你對自己說，凡是他們可能會寫的，我就一定不能那麼寫。如果你按照大多數人的寫法，就會落入俗套、了無新意，你的分數一定不會高。

要做到立意新穎，其根本是要在平時學會問問題，這對我們國內的同學來說尤其不容易。國內的學生被訓練出了一種「標準答案」的思維模式，我教了幾十年書，對比國外的學生，國內學生最大的弱點是不會問問題，日本和韓國的學生好像也存在這個問題，只是我們可能更嚴重一點。其實問問題比解決問題要難得多，西方的學生都是帶著腦袋來學校問老師問題的，東方的學生是帶著腦袋來學校解決老師提出的問題的，這樣的長期訓練培養了一批不會提問題的人，在現今全球化的競爭中很難引領世界潮流。要從根本上糾正這一問題，就是要提倡和鼓勵學生的獨立思辨能力和追求探索的創造性精神。

「命」的第二步，是組織文章內容要「切題」。當你確定了「題目」，你在這篇文章中要講的內容也就大致確定了，這些內容構成了一條明確的「紅綫」，就是文章是否能寫好的「生命綫」，非常重要。文章的內容一定要緊緊圍繞這條紅綫展開，不要東拉西扯、跳來跳去，沒有太多關聯的內容一律不要放進去，否則就會變成一盤大雜燴。

有一位學生臨近博士答辯，因為我要刪掉他博士論文中的一章，與我爭論了至少兩個星期。他論文中的那一章內容與博士課題關係不大，讓他刪掉，他卻老大不情願，他說那部分研究是他花了至少兩年半的心血才得來的，他很有感情，還跟我繪聲繪色地講這部分的理論有多美，推理是多麼完整，實驗結果是多麼令人信服。但是，我只能和他說，對不起，這些理由都不能說服我，既然你已經定了論文題目，不相關的內容都不能隨便放到論文裏。我知道他很痛苦，但沒有辦法。我和他說，你的博士論文是要永久保存在全世界所有圖書館的檔案室裏的，如果有一天你的孫子來查閱你的論文，發現有這麼不負責的內容在論文裏，你不覺得遺憾嗎？最後，他還是同意了我的觀點。這位同學至今還經常提起那時我對他說的笑話，「你要愛一個人，就要殺掉其他所有人」，要捨得忍痛割愛，才能保證你的命題。

在組織文章內容時，常常會遇到你想講的和讀者想看的不一致的問題。有時候，你很想把你有感而發的內容寫下來，總覺得這些內容對你是那麼重要，甚至一刻也不想等待，就想立即發表。但是，對不起，你要想清楚，這篇文章發出去可是給讀者看的啊，命題之後組織文章內容要平衡個人喜好與社會價值，這個平衡的原則就是看是否切題，只有這樣才能有效地表達你想表達的思想。

下面講講這條「命」綫的「流向（flow）」。

從前還在讀書的時候，有一天我們幾個男生在校園裏，手上拿著一本當時很火的小說，邊走邊討論「愛情」，迎面碰到了我們的一位先生，他對我們說：「不要把這些人所講的信以為真，真正的愛情不是這樣的，真正的愛情首先是輕鬆、快樂、無拘無束的，哪裏會有這麼多死去活來的事。」現在想來，他說的還真是事實，愛情是如此，人與人之間的關係都是如此，首先必須是輕鬆的，沒有壓力，才會談得上親近和喜歡。人與書、與文章、與演講者之間的關係也是如此。文章如果能使讀者感到輕鬆，沒有壓力，才能漸入佳境，逐漸親切起來。如何做到這點呢？我以為「順」著讀者思路的「流向」是很重要的一點，就是說你要回答讀者所期待的「題」，也就是「順」著「命題」。

小時候，常常聽祖母講故事，有時候她講到一半會突然跑去廚房，那裏可能在燒著菜，然後回來再繼續講，我總是迫不及待地問：「後來呢？」她有時候會忘了，「哎呀，故事講到哪裏了？」我連忙說：「那個故事裏的人死了沒有？」她就想起來了，繼續從那裏講起。這說明了什麼呢？講故事的那個人一定要從聽故事的那個人所期待著的地方講起，要回答聽者所期盼的內容，這樣聽者就會有興趣，總之一定要「順」著聽者的思路講下去。

舉個例子，你要準備一個三十分鐘的演講，打算做三十頁 PPT，目前你已經做到了第七頁，想要確定第八頁準備講些什麼。我的建議是你先重新看一遍這七頁 PPT，然後閉上眼睛，想一想如果你是聽眾，接下來你最想聽到的內容是什麼。我們來試試，假設你演講的主題是介紹你的家鄉湖北，前面幾頁你講了湖北的人文、地理、經濟，第七頁講到美食，講到湖北有很好的早餐，豆皮、熱乾麵，等等，你問問自己：聽眾下面等著你講什麼？他們一定會期待你講湖北除了早餐還有什麼好吃的佳餚，你如果講：「我們湖北不僅早餐豐富，還有許多名菜，有武昌魚、粉蒸肉……」大家就會很高興，如果你下一頁是講「湖北的高山峻嶺」、「將軍之鄉」，那就跳躍得太快了，沒有「順」著內容的「流向」走。

總之，「命」確定了文章的結構框架，命題要新穎，內容要切題，要「命中要害」，敘述則要順著命題的「流向」，符合人們的思維邏輯，這樣的文章才輕鬆耐讀。

當然，「功夫總在題外」，我上面講的只是一種方法，都是在「術」的層面上展開的。等你到了一定的年紀後會明白，光靠「術」本身是永遠不可能做到完美的。凡成大事者，先要取勢，然後明道，寫文章也一樣，「命」的過程，其實從高層看就是「取勢明道」的過程。要體悟人生，勤於思考，依靠你平時的涵養學識的積累，這樣才能做到「明道優術」，寫出好文章來。

路人

人生苦短，
相逢相遇，
乃屬有緣，
珍惜身邊的一草一木，
何況路人。

記得是小學四年級的時候，正值「文革」時期，不知是什麼原因，學校讓我幫助搞牆報的工作。牆報就是學校出的貼在牆上的宣傳大字報，有點官方的形式，需要做一些美術編輯的工作。我的任務是在課餘幫助一位美術老師，負責牆報的排版和報頭美術。那時主要在上午上課，大多數同學下午就回家了，我就留在學校當那位美術老師的助手。

這位老師是我的第一個美術老師，就叫他Z老師吧。Z老師長得高大威猛，比較嚴肅，穿衣服都很整齊，一臉大鬍子每天都刮得鐵青鐵青的。他話不多，但每當我有疑問，他都能講出一些道理來。那段時間，常常只有我倆在一處工作，講的話自然就多一些，我對色彩的感覺，調色的工藝，以及美術字的書寫，都是從他那裏學的。

有一次我問他：「做個畫家大概很難吧？」等了一會兒，他說：「最難的是要學會觀察。」我不解，他也不多解釋，只是說你可以坐在自己的家門口，觀察馬路上從你家門口走過的人群也好，牛馬也好，雞鴨也好，仔細觀察他們，一定要仔細。比如說，一隊馬走過後，如果有人問你，第九匹馬與其他馬有什麼差別，你要立即說得出來。我聽了覺得很有趣。

那天晚上我與母親睡在她單位裏，她單位樓上的窗口臨著大街，是當時市里最熱鬧的地段之一。我想到了白天Z老師的話，就趴在窗口，觀察起大街上路過的行人來。

平常不留意，當你一注意時會突然發現，這馬路上的行人怎麼都是那麼的不同！有走路東晃西晃的，有憤怒地邊走邊罵人的，有邊走邊吃東西的，有邊走邊自言自語的，有衣服上扣搭下扣的、一隻褲腳高一隻褲腳低的，有臉色蒼白得像要暈倒的……形形色色，千千萬萬，互不相識，也與你毫無關係。

這些人，我們就稱他們為「路人」。

有一年，我們學校在珠海的一個度假村組織務虛會議，白天開會的時候有不少酒店的服務員幫助我們做後勤工作。傍晚時，會議結束了，我路過酒店門口的時候，遇到一大群剛剛幫我們做完會議工作的服務員，都已經換上了他們自己的衣服，嘻嘻哈哈地一起走出去，我順便給他們打個招呼：「回家了？」他們說不回家，因為他們的家都不在附近，他們說他們去「看路人」。我覺得很奇怪，這路人有什麼好看的？他們說路人可好看哪！原來他們每天晚上都會坐在馬路旁的人行道上，買一隻雪糕坐在那裏看路人。

我忽然想起，在我小的時候我也看過路人，原來還不止我一個人會這樣做，看路人還真是蠻有趣的。

路人，就是那些與我們素不相識的陌生人。在這個世界上，按照親密程度從家人、朋友、同學、同事等可以劃一個個圓。認識的人在圓裏面，不認識的人在圓外面，路人都是圓外的人。圓外的人比圓內的人多得多，這世上大多數人對我們來說都是路人，我們自己對大多數人來說也都是路人。

現在，人們都很關心環境保護。空氣、水、樹木都是環境，都需要人們關注與保護。但其實我覺得「人」，在這個世界生活著的千千萬萬的素不相識的人，卻是構成「環境」的重要組成部分。忽略了「人」的因素，所有的環境保護都是空談，人類文明的體現是從對人，對路人，對陌生人的關注和態度上反映出來的。

很多年前，我去參加一次國際會議，在當時南斯拉夫的城市 Ljubljana（盧布爾雅那，現為斯洛文尼亞的首都），當時柏林牆還沒倒，我是從美國飛過去的，經過幾站中轉後到了目的地，終於找到會議安排的住宿地，是一家很像內地當時的招待所這樣的小酒店。那天是週六的早上，服務員都放假了，只有管門的一位老人，他給了我房間鑰匙，我就進去了。因為是週末，沒有人值班，走廊裏黑乎乎的，我覺得好像只有我一個人住在這個酒店似的。

在房間裏把行李打開，洗了個澡，還好熱水是有的。我突然覺得餓極了，我應該去換點錢，去買點東西吃。當我出門走了一圈後，我徹徹底底失望了！這兒沒有任何地方可以換錢，我身上帶的美元在當時是不能用的，酒店裏也沒有可以吃飯的地方。怎麼辦？我在房間裏到處找可以吃的東西，卻連袋咖啡都沒有，好不容易找到兩小包白糖，我就沖了熱水，暫且充飢了。過了一陣子，肚子仍然餓得慌，我開始把注意力放在準備自己的會議材料上，兩個小時過去了，轉眼到了中午，我出門想到街頭去找一點希望。

酒店不遠的地方是一個集市，很熱鬧，估計是週末的緣故，更顯得熱鬧一些。我路過一家香腸店門口，鐵板上放著很多熱氣騰騰的烤好的香腸，店主在吆喝著。聞到那個香味，我的肚子突然餓得更兇了。於是我停下來，與這位年長的店主人打招呼，我跟他解釋我沒有當地的錢，但我有美元，可不可以用美元買他的香腸吃，他立即搖搖頭給否定了。我只好繼續走，又問了幾家，大家好像都很死板，一律都說不行。我越走越餓，不知不覺又回到原先那家香腸店了。我停了下來，那老人已經認出我了，我實在有點難為情，只好移步走開。

我還沒走幾步，那老人用紙包了兩根香腸走出來遞給我吃，我很是驚喜，嘴上說著不用不用，但手還是接住了，我拿出十美元來放在他的桌上，他堅持說不要。於是我開始吃起來，那香腸又粗又香，很是好吃。我以前從來都沒想到香腸會有這麼好吃。回到酒店後，我意識到我還是沒有解決問題，因為這只是午餐，還有晚餐呢？明天是週日，換錢的店舖估計還是關著的，我該如何度過這兩天呢？

到了傍晚時分，我又到了那個集市裏逛，走著走著又到了那家香腸店。夕陽剛落，集市裏的人比上午要少很多，很多店都在收攤了。還好這個香腸店還沒有關，老人旁邊多了個人，可能是他女兒吧，他認出我來了，就用他們的話跟他女兒嘰裏咕嚕講了半天，我估計他是在解釋我的狀況。他女兒笑著用英語對我說，讓我進店裏來，對我說沒關係的，這兩天你都可以在我們店裏吃。我實在感激不盡，對他們千謝萬謝。接下去的幾頓我都是在那個香腸店裏吃的。

週一我換了錢，去那個香腸店還錢，父女二人都堅持不要。我知道，他們起初在接待我的時候就沒想過要讓我還錢。他們純粹是在幫助一個需要幫助的路人。

是的，我對於他們來說是一個路人，一個需要幫助的人。我們每天都會遇到無數個路人，對待路人的友善，與對待家人朋友不一樣，有時是很不容易的。然而，恰恰是這種對路人的態度，反映了一個人、一個社會的道德與文明。

小時候祖母說過：「一鉢千家飯，孤身萬里遊。」說的是一位叫契此的寧波和尚，生活在唐末五代的明州奉化，經常背著一個布袋，手持一鉢，走遍大江南北，因此人們又稱他為布袋和尚。我每次迎接新來的同學，手握著新同學和他們家長的手時，心裏就想著這句話：「一鉢千家飯。」每次手握著那些給我們貧寒學子提供獎學金的善心仁士時，我心裏也會想著這句話：「一鉢千家飯。」我們都是吃千家飯的人。有吃千家飯的意識，就有服務的意識，就會尊重和關愛每一個路人。

這些路人，表面上看與我們無關。但實際上卻是我們賴以生存的根源，是我們的「飯碗」。病人對醫生來說是路人，也是醫生的「飯碗」。顧客對銀行來說是路人，也是銀行的「飯碗」。網購供應商並不認識客人，每一個顧客對於他們來說都是路人，但他們很清楚沒有這些路人，他們就沒有「飯碗」。

人生苦短，相逢相遇，乃屬有緣，珍惜身邊的一草一木，何況路人。

月光

如果說，太陽給了我們向前走的衝動，月亮則賦予了我們向後看的雅情。

我在費城讀書的時候，與一位退休的華人老教授相熟，他是位著名的學者，無錫人，是中國最早出國的那批留學生中的一員。這位老先生是我所讀學科的開創學者，更可敬的是，他的文學功底亦十分扎實，那時候他時常邀我去他辦公室聊天，詩詞歌賦，無所不談，但我那時忙於學業與研究工作，無奈每每婉拒了他的邀請。

有一天，他又打來電話，說：「你到我辦公室來吧，我這裏有月餅。」原來他想用月餅來「引誘」我，我想，那不如就去一次吧。其實他的月餅並沒有那麼誘人，出於禮貌，我還是嚐了一小塊，隨後便聽他與我滔滔不絕地談論起有關中秋的詩詞。原來，明天就是中秋節了！

不知不覺兩個小時過去，老先生才意猶未盡地起身送我離開。此時，天已經完全黑了。我回宿舍的路上，經過一大片草坪，皓月當空，整片草坪有如絲絨一般，月光真是太神奇了！我還從未見過月光下的草坪如此美麗，如此安寧，如此令人神往。也許是剛剛才聊過古人賞月吟詩的風雅，我不禁也想在長椅上坐一會兒，獨自欣賞一下月色。

古詩之中首推詠月之詩數量最繁，佳篇最多。杜甫的「露從今夜白，月是故鄉明」，李白的「舉頭望明月，低頭思故鄉」、「獨上江樓思渺然，月光如水水如天」，王建的「今夜月明人盡望，不知秋思落誰家」……這些有關月光的詩句，寫得真是太好！好到我甚至懷疑在人類歷史上，還會不會有比這些詩句更美的作品出現。

突然間，我腦中冒出一個問題：「為什麼人們看到月亮的時候就會想起故鄉，想到故鄉的親人呢？」

你看這兩千多年來，有那麼多詩人所寫的吟誦月亮的詩，為何皆與故鄉故人有關呢？現在連我自己都在月光下思念故鄉了！這或許有一個原因吧。要不然，人們為何在望著太陽的時候不會想到故鄉呢？

也許是受了古人所寫的「望月思鄉」的詩的感染，所以我們才會一看到月亮就想到那些詩，繼而又聯想到故鄉故人和故情……可是，那古時候的詩人，又是受到什麼感染而寫出這些詩的呢？

也許是因為在中國的文化傳統中，月的「陰晴圓缺」往往使人聯想到人的「悲歡離合」，月能圓，人難全，看到明月就會觸景生情，想到遠方故鄉的親人。

也許是因為古時候，人們沒有通訊工具，覺得月亮能夠望到遠方故鄉的親人，雲聚雲散，飛鳥往還，或許能帶來故鄉親人的音訊，一輪明月也可寄託故人的相思。

也許是當人們看到月亮的時候，一天的喧囂已歸於寧靜，心安靜下來之後，才體會到藏於深處的寂寞與孤獨，當再望到同樣孤獨淒清的明月時，不免會感到傷感。

清晨與黑夜是一天的兩極，正如太陽與月亮是天上的兩極一樣。每天清晨，太陽升起，帶來了光明與一天的希望，我們開始興奮、忙碌、張揚、激動、揮灑汗水和精力，我們的心逐漸離開原本的位置，愈行愈遠。直到夜晚，月亮降臨了。月光下，一切又恢復了最初的安靜，我們的心就像綳緊的橡皮筋一樣，又彈回到了原本的位置。如果說，太陽給了我們向前走的衝動，月亮則賦予了我們向後看的雅情。這或許就是為什麼我們在月光底下常常會想到故鄉和故人的緣由。

童年時在家鄉很喜歡過中秋節，那晚常常有許多親友帶來各種好吃的東西。傍晚在天井裏，八仙桌上擺放著各色果品，中間是一塊巨大的圓形月餅，天井的石板上都插著紅蠟燭，感覺十分浪漫，小孩們繞著桌子，跑啊跳啊，跑累了還不肯停下來，心裏惦記著桌上的大月餅……

後來，「文化大革命」開始了，月餅不見了，更不要說在天井裏的石板上插上紅蠟燭來行祭拜禮了。記得有一年中秋的晚上，家裏只剩下我與祖母兩人，祖母煮了一隻雞蛋給我吃，說雞蛋也是圓的，蛋黃也是黃色的，姑且當做月餅吃吧。我背著一頂小桌子到園子裏，躺在桌子上，祖母坐在我身邊，一把大芭蕉扇慢慢地搖著，我靜靜地望著天上的圓月，問祖母：「這月亮怎麼不會掉下來啊？」祖母說：「月亮不會掉下來，因為有星星陪著她。」我又問：「星星為什麼不會掉下來呢？」祖母也回答不了。我又問了很多問題，祖母都講不出來，她說不如給我講天上月亮裏的故事吧……

再後來，我去下鄉了。有一年中秋，村裏晚上熄燈很早，月光下躺著安靜的村莊。我獨自在河邊洗衣服，大大的月亮映在水裏。在這個家家戶戶都應團圓的時刻，我卻孤身一人，在河邊洗衣，心中感到有些淒涼。正想著，忽然從遠處傳來一陣歌聲，好似仙樂一般。怎麼會有人在如此寂靜的村莊裏唱歌呢？仔細一聽，那歌聲好像是從附近的變電所裏傳來的。變電所裏面住著一群「工人階級」，高高的圍牆將他們與我們分隔開來，我們從未走進去過。不過此時，聽著這歌聲已是十分享受的了。從這之後，我每天都在這個時候去河邊洗衣服，那個人也總是在這個時候開始唱歌……直到有一天，歌聲再也沒有響起。我始終不知道唱歌的人是誰，也不知道她為何而來，又為何而走……

故鄉就像茫茫夜空中的明月，那清冷皎潔的月光陪伴我們走過人生的漫漫長路，照耀著我們來時的方向，在那最遠的盡頭，或許就是我們心中最近的那點。

遲到的感恩

人生就像一次匆匆的夜行，夜行裏大多數時光是沒有星星和月亮的黑夜。我們要感恩的人就像那些在我們前面一閃一閃的路燈，福分大的人，燈就多一些，亮一些，使我們在夜行裏多一份溫暖，多一份希望。

說到感恩，我常想起多年前的一件事。

剛到美國讀書時，有一對老夫婦經常請我去唐人街的中餐館吃飯。有一次，吃完中飯，他們照例買單，並用現金付了小費。因為與他們很熟，我看了賬單，就問他們大概應該付多少小費。之前聽人講，在美國餐館，小費一般是消費金額的百分之五至百分之十左右。那對夫婦對我說，他們一般是付百分之二十至百分之二十五。他們在美國至多也只是中產階層，算不上富裕。但他們說：這些服務員很辛苦，小費是他們所有的收入，我們應該多表示一點感恩（appreciation）。所以，我們總是付「多於他們期望的那個數字（more than what they expected）」。

在以後的生活中，我與家人基本上也按照這對老夫婦的做法，在表示我們的感恩時，do more than what they expected。曾經有朋友提醒我，小費是否付得太多了，但我總是想，這一輩子是窮是富，我也不知道，但有一點我可以確信，那就是：如果我窮，絕不會是因為我付了太多的小費。

其實，感恩是一種福分，多一點感恩就會多一點福分。為什麼呢？首先，當你感恩的時候，你的內心是愉悅的，因為你在做一件令人家也感到愉悅的事情，而這個「人家」正是你希望他（她）感到快樂的人，所以，感恩是一種使彼此愉悅的事。再者，當你心懷感恩的時候，你即在回顧那個令你感激的過程，你在追溯那段幸福的時光，所以你的內心是寧靜的，平和的。因而，感恩能讓人寧靜和喜悅，這不正是你人生中最重要的福分嗎？

小時候看電影時老想著「好人」、「壞人」，後來長大了，總問自己，什麼樣的人才是「好人」呢？再後來，經過了一段相當長的時間，我才慢慢意識到，如果這個世界有「好人」的話，那麼，那個「好人」一定是「善良」的人！反過來，善良的人一般是「好人」。為什麼善良那麼重要呢？有什麼東西能使人善良起來呢？我自己的觀察是，當一個人開始感恩的時候，他（她）就會開始行善。因為感恩，他感到善良的必要，他意識到善良的力量，於是他也會努力嘗試著去做些善良的事。

感恩其實是我們生活中每時每刻都能做到的事。

記得我在匹茲堡工作時，我辦公的那層樓有一位清潔阿姨（office maid），負責我們幾個辦公室的清潔和茶水等等。她年歲較大，體態有些臃腫，行動不是很靈便。我經常看到她在走廊裏擦東擦西，我也會時不時地和她說兩句話。看得出，她很願意與我聊上幾句，因為好像沒有很多人會與她聊天。我記得她有一個兒子，在菲律賓服役。

有一次，我從走廊經過，走廊很長，我遠遠地看到她在走廊的那端，一個很暗的地方，呆呆地立在那裏。我從她身邊經過的時候，看到她的臉色不太好，便問候了兩句，原來她的老母親剛剛過世了。她說她身邊唯一的親人走了，她很悲傷。我不知該說些什麼，就站在那裏陪她聊了一會兒，我們聊到了她在菲律賓當兵的兒子，一說到兒子，她臉上的烏雲開始散去，說了很多關於她兒子的事情，還說如果她兒子能找個像我們中國學生這樣的亞洲人做女朋友，她會很開心……

在一次較長時間的國際旅行之後，我回到辦公室，發現辦公室外邊走廊的一個窗口上，多了一盆花，那是一株有泥土培栽的、很美的粉紅色的花。花盆上有一張小卡片，我一看是寫給我的。原來，那位清潔阿姨已經辭了工。她寫道：「感激你每次見到我都會與我說話，短短的幾句話讓我感到溫暖，見到你常常讓我想起我的兒子。」

這株花一直長得很好，教授們經過走廊時，都會看一看它。每當我走到辦公室門口，拿起鑰匙開門時，看到這株花，總會想到那位老人。

感恩其實不是一件奢侈的東西，有時日常的三言兩語，也能表達我們的感激，尤其是對身邊常常被我們遺忘的人們。

前一陣，我在美國的兩位朋友，一對老夫婦，先後過世了。先生是中學的數學老師，夫人教生物，育有四個子女，都已獨立。老人走後，他的兒子對我講，兩位老人在世時，有退休金，生活尚可，健康也不錯，一年有時見上一至兩次面，因為兄弟姐妹四人都很忙，老實說，把老兩口給「忘了」。就他自己而言，他操心過很多人與事，唯獨沒去想過他的父母，更不要說在他們還健在的時候，表示一些感恩之情。

我的這對美國朋友，與天下父母一樣，生前總是儘可能地不去麻煩子女。事實上，他們對朋友也是一樣。他們住在費城，我住在匹茲堡，有一次我在電話中說想過去看看他們。他們連忙說，你工作太忙，我們過去看你吧。於是，在一個週末，他們老兩口，都快八十歲的人，開了快十個小時的車來到我家。我們的好友，我們的父母，我們的老師，總是這樣，儘可能地不想麻煩我們。而正因為如此，我們總是「忘了」他們。

我忽然想到，莊子講「忘足，履之適也」。人穿鞋子，如果合適，是不會想到鞋子的。如果鞋太小，或太大，或裏面有一粒小沙子，那就老是要想到鞋子，想立即脫下來換掉。我們忘記了身體，是因為我們還健康。忘記了孩子，是因為孩子懂事。忘記了父母，是因為父母還健在，沒麻煩我們。我們是不是應該感恩那些在我們身邊，卻常常被我們遺忘的人們？

感恩那些被遺忘的人們，尤其是父母，總是一種「遲到的感恩」。有一次星期天，在學生的「英語俱樂部」中，我們談論的話題是「假如你明天就要離開這個世界，你今天會去做什麼」。大家聊得很起勁。這個話題涉及到你人生中可能會有的最大的遺憾是什麼。我有一位美國朋友，很多年前已是一位很成功的企業家，身價近百億。他有一次坐飛機，遇到一些故障，飛機忽上忽下，每次都有一千多米。所有乘客都被要求立即寫遺書。我那位朋友說，他當時的第一個念頭是，幸好上週把那八億美金的欠款還給了一位多年的好友，否則，他會感到非常遺憾。是的，欠的債無法還清是一份終生的遺憾。但我卻以為，人生最大的遺憾可能還不止於此。

我想，人生最大的遺憾或許是你忘了感恩那些應該感恩的人，那些遲到的感恩是一個人終生的遺憾。

我在去年【一】感恩節寫這篇文章的時候，我的父親還健在。今天再重寫這篇文章的時候，他已經在天上了，已經看不到這篇文章了。我送別他的那天，從墓地走下來，遠遠望去，陽光下是一條鋪滿樹葉的小路，我忽然想起童年時他是背著我從這條路走上來的。我不由地回首，看看山上，頓時一種來自漫山遍野的感恩之情充滿了心裏……

是的，這當然也是「遲到的感恩」。

人生就像一次匆匆的夜行，夜行裏大多數時光是沒有星星和月亮的黑夜。我們要感恩的人就像那些在我們前面一閃一閃的路燈，福分大的人，燈就多一些，亮一些，使我們在夜行裏多一份溫暖，多一份希望。

【一】編者按：本文作於二〇一六年。

人生是一場探索

世界並非不圓滿，
世間的每一瞬間
都是圓滿的。
人生的不圓滿
其實就是圓滿。

這些天從我的朋友圈中，經常傳來我校應屆畢業生升學、就業的消息。前幾天我收到一位同學的微信，他告訴我說他已經被一所著名大學的計算機專業錄取為博士研究生了，我知道這是相當不容易的！同時，他還拿到了其他五個世界名牌大學的博士研究生的錄取通知。因為我對那所大學比較了解，所以他想問我，在那所大學裏是否有他喜歡的研究方向，他能否在現在的基礎上展開研究，那所大學有什麼他可以利用的資源。同時，他想請我幫他參謀參謀，在這些名牌大學中他應該如何選擇。

這位同學會這樣問是很自然的，他是數學專業畢業的，因此想找與數學比較接近的學科，再加上他做過一陣子研究，有點基礎，希望可以在這個基礎上尋找博士課題。然而，我告訴他，我雖然理解你現在的心情，但如果我是你，我大概是不會這麼想的。我說：「告訴我，你理解的做學問也好，人生也好，應該是怎麼樣的？是一個『exploring（探索）』的過程？還是應該是『looking for something（尋找某物）』的過程？」這位同學的悟性很好，他馬上就說：「校長，我明白你的意思了，我應該放掉我現在頭腦裏已有的東西，這樣我才會有開放的心態（open-mind），我才會去勇敢地探索。」

我很高興他能有這樣的反應，我告訴他，你人生的路很長，沒有人知道二十年後的你會去做什麼，也沒有人知道二十年後的世界是怎樣的，所以你要保持一種開放的心態，只有這樣你才會去探索，去追求，你才會不斷適應變化著的世界，才會有能力在不確定的世界裏接受各種挑戰。

「探索」與「尋找」，確實是人生的一大課題。我們每天在生活中要處理很多事情，「辦事」總是有目標的，完成了就是達到了目標，就是「尋找」到了，得到了。我們每天這麼做，以至於我們對自己的人生也習慣於如此對待。我把它歸結為兩種不同的人生態度，用英文來講，前者是「explore（探索，追求）」，或者是「discover（發現）」；而後者是「look for」，或者「find（尋找）」，這兩者的人生境界其實是截然不同的。

我用一個例子來說明，大家都知道，女生大多喜歡購物，而大多數男生不一定喜歡。假設大家都在實體店購物，我們先來看看男生通常是如何購物的。如果男生需要買一雙鞋子，他會抽空去附近的一家購物商場，在某一家鞋店停下來，試穿一下鞋子，比較一下不同鞋碼和款式，再考慮一下價格，如果差不多，就買下來了。如果還不是很中意，就再換一個店試試，一般一兩個店下來，也就差不多了。你會發現男生的購物，完全是一種「尋找（look for）」，他在尋找他心目中的那件東西。

我們再來看看女生是如何購物的。女生的購物一般是漫無目的的，是完全的「exploring（探索）」，看到有什麼中意的，有什麼新奇的，有什麼合適的東西，或者是她的哪位朋友親戚喜歡的，都可能購買，完全是開放式思維。她是在那裏「逛」，不是在那裏「尋找」，所以她的心態是開放的、自由的、無拘無束的，因為這種開放的心態，購物商場裏千千萬萬的商品，商店的裝潢和促銷活動，都會給她們帶來新奇的刺激，帶來無窮的樂趣，這種樂趣遠比男生頭腦裏尋找那雙「鞋子」的動機要強烈、有趣得多，而這種樂趣再作用於女生的頭腦和身體，變成一種心靈上的悅樂與追求，驅使她們不知疲倦地繼續下去。

為什麼「尋找」就沒有這種樂趣呢？因為你在尋找之前，心裏已經有了一個「模式」，有了一個要尋找的東西，每當你看到一個事物，你都要將它往你心裏的那個模式裏去套一套，如果套進去了，這件東西就是你要尋找的那個，你已經找到了，就沒有繼續尋找的動力了。如果套不進去呢？那你就還沒有找到你所要找的東西，心裏就不免有所失落。

朋友們，請你仔細想一想，人生中的許多事情不都是這樣嗎？有人說，人生是一輩子「尋找」的過程，因此，人這一輩子都是痛苦的。小時候，想要好的「成績」，再後來，想要好的「學校」，接著，是尋覓好的「對象」、好的「公司」、好的「職位」、好的「財富地位」……人生彷彿就是一大串有目的的「尋找」活動。

那天我與一位同學聊天，聊到找對象，我說，你設想如下場景：有一天清晨你讀了一本書，書裏有一種特別漂亮的紫色的蘭花，你覺得這朵花太美了，於是上午，你決定去附近的一個公園看看，你想去找那朵紫色的蘭花，一個上午走下來，偌大的一個公園，有成千上萬的各種各樣的盛開著的鮮花，但就是找不到你想要的那種紫色的蘭花，你會不禁感到失望和苦惱。

如果我們換一種場景，那天上午天氣晴朗，你決定去附近的一個公園逛逛，你走著走著，看到很多盛開的鮮花，有的花你從來沒有碰到過，有的花顏色出奇地漂亮，你看到有藍色的花，甚至還有黑色的花，太美了！你一邊走一邊欣賞，在那些你特別喜愛的花叢面前，你會駐足得久一點，會拍個照送給朋友，還會去網上了解一下這種花的生長特點。如果你是以這種心態去逛公園的，你就不會失望。

同理，如果按前一種心態去交男女朋友，一般會失望，而如果按後一種心態去交男女朋友，情況就會好很多。更重要的是，你一定要明白，交男女朋友不是你人生的全部，如果你整天帶著事先確定的模式在尋找那個意中人，因為尋找，你會錯過人生中出現在你面前的許多美好的事物，這些美好的事物，也許與男女朋友有關，也許無關，但都將構成你美麗而豐盛的人生。

尋找意味著目標，意味著擁有，想去擁有那個被當做目標的東西。這樣就會刻意，就會執著，就有可能產生許多我們在社會上常見到的痛苦與病態，就會渴望獲勝。如果你最終尋找不到，你就會感到失敗，因而痛苦萬分。一旦尋找到了，擁有了，你就沒有動力再去尋找，於是就又陷入了痛苦之中。

而「探索」，則是另一種境界。探索意味著自由地敞開，去追求、去發現美好的事物。當你發現了這些美好的事物之後，你不是去擁有它，而是去欣賞它，只有這樣你才會有無窮無盡的動力去追求、去欣賞你一生中最美麗的事物。

人生是一場探索，所以人生是有趣的。探索中會發現無窮無盡的新事物，給我們帶來無比的喜悅，那種喜悅是一種發現的喜悅，創造的喜悅，充滿了美的喜悅。世界文明就是多少代人畢生探索的碩果，我們說科學，就是人們對自然世界的偉大探索，而藝術，是人們對人類內心世界的偉大探索。在這種探索的過程中，當然也會有痛苦，但那種痛苦是不同的，那種追求與探索本身會使你的靈魂昇華至至善至美的境地。

人生就是一場探索，所以人生需要膽魄與勇氣。「探索」是有風險的，沒有足夠自信的人，就會在探索面前猶豫，就會選擇安逸，就會患得患失，就很難走遠。一位企業家朋友問我：「為什麼現在的學生膽子越來越小？」我說：「學校裏是傳授知識的，以前中國人講『大智大勇』，現在學校裏教的最多的也不過是『智』，從小到大不知道『勇』是什麼。所以，讀書越多，膽子越小。」

人生是一場探索，所以人生需要獨立思辨的能力。只要探索，就會遇到前所未有的問題，探索者只能依靠事實，依靠科學，獨立思辨和判斷，從而產生新的思想。人類是怎麼在這個廣闊浩瀚的大地上站立起來的？大家可以思考一下，人類就是靠這種探索精神，逐漸產生了文明與思想，人是靠思想站立起來的！

人生是一場探索，所以人生的不圓滿就是圓滿。因為你一直在探索的路上，所以你會永遠身處一個不圓滿的處境，你會覺得自己不夠完美，你的人生有很多缺陷，甚至你周邊的朋友和社會也有諸多的不圓滿，昨天不圓滿，今天不圓滿，明天好像也還是不圓滿。其實不圓滿是人生的常態，正是因為不圓滿才使我們有探索前行的動力，這種不圓滿是一種磨難，使我們努力把自己修煉得比我們來到這個世界時更為完美一點。世界並非不圓滿，世間的每一瞬間都是圓滿的。人生的不圓滿其實就是圓滿。

人生是一場探索，所以人生的意義在於探索的經歷本身，而不是其他。探索是不能太講功利的，它的意義不是一大串看得見的「目的」，探索的意義在於探索本身。「Life is not about purposes. Life is a collection of experience.」

火藥與光纖

我們可以時時提醒自己，凡事不要過於功利，不要短視，把事物看遠一點，要注重培養自己的精神氣質，因為生命裏有更重要的東西。

我國很早就發明了火藥，是我們引以為傲的四大發明之一。發明一件東西很不容易，尤其是自己幾十年來也一直和學生們一起搞些小發明，更深感發明創造的不易。對火藥這樣的重要發明，我一直懷著一種神聖的自豪感，直到有一天我讀到下面這篇文章。

這是一篇在一八八三年出版的 *Science* 雜誌上發表的文章，作者是美國第一任物理學會會長及美國國家科學院院士羅蘭（Henry Rowland）教授，他是一位十分著名的物理學家，尤其在實驗物理方面，他用實驗證明了運動電荷產生磁場，並研製了衍射光柵，他有個學生叫霍爾，就是著名的霍爾效應的發現者。羅蘭教授雖是位實驗物理學家，卻十分重視基礎理論的作用，他的這篇題為《為純科學呼籲》（*A Plea for Pure Science*）的文章，有以下這段話：

> 假如我們停止了科學的進步，而只留意科學的應用，我們很快就會退化成中國人那樣，多少代人過去了，中國人還是沒有什麼進步，那是因為他們只滿足於應用，從來不去追問背後的原理，而這些原理卻構成了純科學。中國人發明了火藥並已使用火藥達幾百年之久，如果他們用正確的方法探索其中的原理，就有可能在獲得應用的同時，產生化學科學甚至物理科學。因為只滿足火藥，以及火藥可以爆炸這樣一個事實，而沒有尋根問底，

使得中國人已經遠遠落後於世界的進步，以至於我們現在只好將這個所有民族中最古老、人口最眾多的民族視作野蠻人。

當我看到這段話時，心裏不禁沉重下來。當然，這是羅蘭教授在一百多年前所說的話，如果放到今天，他可能不會這麼說。一百年來中國人在科學上有了長足的進步，對人類的科學發展是有貢獻的。然而，心靜下來，仔細看看這段話，看看我們的民族為什麼只重視火藥，而不深究其科學原理和本質，為什麼我們對發明火藥有興趣、有動力，卻沒有同樣的興趣與動力去深究其化學原理呢？這也許與我們凡事只求實用、功利的態度是有關的，很值得我們反省。

無疑，我們的民族在考慮問題時傾向於事物的實用功能，對純理論以及缺乏實用價值的形而上的思考缺乏興趣。這或許就是為什麼在我們如此漫長的歷史中，在如此遼闊的國土上，那些堪稱偉大的哲學家、音樂家、數學家等富有創造精神的人物卻鳳毛麟角的原因。我們的四大發明都是以實用為前提的。即使在今天，科學研究中大多數研究課題也是圍繞著直接應用而展開的。

凡事先考慮實用功利是我們的一種思維習慣。養兒是為了防老，娶妻是為了生子，讀書是為了找個好工作，學英語是為了出國，彈鋼琴是為了升學有附加分。這種話聽上去好像不很順耳，但卻在我們每一個人身上都有體現，有時甚至相當嚴重。

考慮事物的實用功利並沒有錯。人，必須生存。公司，必須賺錢。但如果我們僅僅考慮事物的實用性，一切活動以功利為目的，那就會失卻對事物本來面目的認識，就會追求短期功利。而由於缺乏對事物的深刻認識，缺乏持久的熱情，最終會損失長期的利益。

比如，醫院作為一個經濟實體是需要有一個健康的財務資源，好的經濟效益對醫院是重要的。但如果我們的醫院、醫生一味追求經濟效益，就會出現醫德、醫術等諸多方面的問題。任何一家公司，都要考慮利益最大化，但如果一味追求利潤，公司就不會有精力及資源去做研究開發，公司的新技術、新產品就會面臨問題，到最後公司的長期利益會受到影響。教育也同樣，如果我們的學校一味追求排名、升學率、論文數等指標，而不去關心學生的身心健康，我們的學生就會漸漸地成為一台機器上的零件，沒有想像、創造的能力，沒有獨立思辨的能力，沒有能力對社會以及對世界有所擔當。

因此，考慮事物的實用性要有指標，但不能唯指標。這讓我想起了另一個重要發明：光纖。前幾年獲得諾貝爾物理學獎的香港中文大學教授（原校長）高錕先生是世界公認的「光纖之父」。光纖對於現代通訊貢獻巨大，是近百年來最為重要的發明之一。沒有光纖，哪有今天的網絡、手機和通訊？記得讀過高先生在六十年代中期發表的第一篇有關光纖的論文，印象極深，文中有實驗，更有理論，將光纖的物理原理講得清清楚楚。如果高先生僅僅是追求光纖的應用，也許無需把這些原理鑽研得如此之深。但正因為高先生不僅發明了光纖，而且把光纖的物理原理研究得如此透徹，並創立了這一學科，高先生才有資格獲得諾貝爾物理學獎。

當我們去參加一場籃球比賽時，我們的眼睛不能只盯著記分牌，否則是打不好這場球的。當我們在大學學習時，我們的眼睛不能只盯著GPA，否則我們讀書會受影響，會焦慮，會短視，會失卻寧靜、閒心和夢想，從而無法領悟這個世界中最本質的東西。我們要追求骨子裏的優秀，而不要滿足表面上的浮華。

我們今天的世界基本上是一個物質世界，精神層面的東西越來越少，功利主義的誘惑無時不在向我們每個人招手。完全不理它，不一定做得到。但我們可以時時提醒自己，凡事不要過於功利，不要短視，把事物看遠一點，要注重培養自己的精神氣質，因為生命裏有更重要的東西。只有這樣，我們才能不忘初心，才能真誠地面對生活，才能堅守我們生命的價值，才能收穫豐饒的人生，並體驗精神創造的快樂！

事煩
心不煩

世界就像一棵大樹，
我們的一生就像一隻
偶然飛進大樹的小鳥，
小鳥來前，
大樹已經在了，
小鳥走後，
大樹依舊在那裏。

這幾年跑醫院的次數明顯多了，主要是去探望住院的親友。起先是因為幾位老人相繼生病住院，要時常去看望，後來也有去看望一些住院的朋友同事。去醫院當然不是一件開心的事，是不得已去的。無論是內地的醫院，還是香港的醫院，無論是小地方的醫院，還是大城市的醫院，每次去醫院都不是一件令人舒心的事。

一進醫院的大門，首先是聞到一股嗆到咳嗽的藥水味，這味道似乎在提醒你，這是一個病菌流行的地方，你得注意一點。然後映入眼簾的就是一條條長隊，掛號要排隊，抓藥要排隊，付錢要排隊，化驗要排隊。排隊其實也沒什麼，只是周圍的環境實在太糟了，小孩的哭叫聲與病人的呻吟聲此起彼伏，目之所及都是躺在病榻上的衰弱的病人，大塊大塊白色的紗布包紮著的斷手斷腳的殘疾人，手腳上掛著吊水藥瓶、坐在輪椅上的病人似乎已是很「正常」的人了……所以每次進醫院都有一種想要趕快逃走的願望。也正因如此，每次從醫院裏出來時，總有一種莫名其妙的竊喜，有一種如釋重負的感覺。

有一次，天下著綿綿細雨，我去一家醫院看望老人。醫院還算乾淨，醫生護士都很和氣，我看了病人後下樓來為老人取藥，同去的親戚讓我找個地方坐一下，她去排隊抓藥。我發現兩座大樓之間有一條玻璃圍著的走廊，倒還明亮，兩旁有椅子，我就找了個空位坐下來。

我看到一個十來歲大的小孩，手腳都被白布包紮著，用拐杖撐著身子一拐一拐地朝我坐的方向走過來，開心地大聲說：「奶奶，奶奶，出太陽了！我是說今天會出太陽的，我昨晚夢見的！」他指著玻璃頂上的陽光對著他奶奶說。奶奶坐在我旁邊，一個標準的鄉下老婦人，脖子很粗，好像長著一個什麼東西。那小孩與老人都朝我笑笑，我也對小孩說了幾句話。

老人的手上拿著一雙新的布鞋，老式的那種方口布鞋，我也喜歡穿，現在家裏還有一雙，我隨口說：「這雙新鞋不錯啊，你自己做的嗎？」老人停了一會兒，說：「是我兒子的，還沒穿，上個月走了，在樓上的七號病房區走的。」我也不知說什麼，想來也很慘，留下一個老人和小孩在醫院裏。

每次去醫院，都能看到一些人，知道一些事。這些人和事就像淨化劑似的，常常把我心裏的許多煩惱洗淨了。每次去醫院所看到的彷彿都在提醒自己，你沒有那麼不幸，比你不幸的人多著呢。你也沒有那麼重要，老老實實地過好自己的日子就行了。

啊！今天無論怎麼樣，我的手總還是完整的，我的腳總還能走路。我還能呼吸到這樣新鮮的空氣，我的身體還沒有那麼多疼痛。我還能這樣正常地說話，不用說兩個字就要咳嗽一下、抽搐一下才能說出下面兩個字。

醫院跑多了，另一種感覺是深深地感到醫生護士的偉大！以前常常覺得醫生護士與社會上其他職業人士一樣，沒什麼特殊。只有當你經常去醫院，你才會發現，這是一個非常特殊的職業，這些人是一群非常特殊的人，是需要有特殊稟賦的人。小時候，我問過祖母：「去做個醫生怎麼樣？」祖母說：「做醫生是好的，但不是一個人想做就能做的，每天都與病魔鬼神在一起，如果命不強的話，說不定救不了人家的命，先把你自己的小命給搭上了。」我想這倒也是，所以我一直欽佩做醫生護士的人。

做醫生護士，必須有一顆強大的心，每天要面對那麼多痛苦的病人，心理素質一定要很好。你去看，每次你與醫生說話時，他們都很耐心。優秀的醫生即使當他在成了某個部門的領導以後，還能顯得比常人耐心得多，他們和任何人說話總是很和氣，面帶笑容，甚至說話的口氣都像是在與「病人」說話。所以這樣的領導，常常沒有太多煩事，因為他們把所有人都當做「病人」對待，「病人」嘴裏說一些錯話，甚至胡說八道也是在所難免的事。

每個人在每天的工作生活中總免不了有很多煩事，常常有同學或同事跑來同我講「今天我心情不好」，怨聲、責怪聲特別多，我總是對他們說，同時也默默地對自己說「要努力做到事煩心不煩」，這種「事煩心不煩」的心境，其實是我從跑醫院的經歷中學出來的。

醫生為什麼能做到不心煩呢？我的理解有二，其一是因為醫生一直身處煩事之中，當你碰到的事都是煩事時，你會「見煩不煩」，正像當你每天都碰到喜事，都被各種各樣的喜事包圍著的時候，你會「見喜不喜」，至少會把喜慶的情緒打個折扣。其二是因為醫生的職業訓練，他能不把病人的煩放到他自己的心裏去，那是「他人」的事，這樣他就會理智地去對待和處理這些煩事。如果他把這些病痛都當做他自己的事，他就會心煩，心亂了以後他會無法正確處理病例，無法精確無誤地手術。所以，事煩心不煩，要做到這條，最簡單的辦法就是把煩事置於一旁，對自己說，那不是你自己的事，這樣你就不會讓煩的事往你心裏走。

要做到「事煩心不煩」的另一個辦法是，你得重新思考一下，這件「煩」事對你來說到底有多重要？我總發現人們常常把一些事的重要性無端地放大了，這使你沒法「不煩」。其實當你冷靜下來後，這些事可能常常沒什麼了不起的。

我去雲南時，有位朋友與我講起過一件發生在他身上的事，徵得這位朋友的同意，與大家分享一下，我們暫且稱這位朋友為G先生。G先生當時是旅遊局的領導，他想開發一條常被人們提及的「古道」，是從西藏到雲南的，他想不妨他自己先去看一下。於是，他租了一輛車，談完價格後就上路了，開車的是一位中年模樣的藏族人，車上還有一位他帶來的客人。

沒想到出發幾個小時後，G先生就發現路的一邊是幾百米深的懸崖峭壁，後來懸崖愈來愈陡，從幾百米，一直到一千米、兩千米，更糟糕的是，路也愈來愈陡，路況愈來愈差，常常是傾斜的，靠懸崖的一側要低一些，由於離心力，車的速度必須很快，藏族司機似乎根本沒感到什麼。

G先生緊緊抓住手柄，這個手柄已經抓著幾個小時了，他看到自己的汗水從手上一滴一滴流下來。幾個小時下來，他發現他身上穿的白襯衫已經被汗水染成了薑黃色。

那種恐懼，那種苦痛，是他一輩子從未經歷過的，他每一刻都想對司機說：「你給我停下來吧，哪怕讓我爬，我也會爬回去，我不要這樣坐車。」當然，他知道，這是不可能的。G先生終於對司機說了：「我們能不能到外面去解手？」司機沒回答，過了很長時間，他大概找到了一個方便停車的地方，就同他說：「你去解手吧。」G先生出去解手，當他回到車裏時，發現他同行的夥伴已經一動不動了，被嚇死了！身上的衣服都是被驚嚇的汗水染成的黃色。G先生把那夥伴推到一邊，默默地對自己說，這真是一場生死之旅啊，而死的可能性明顯比生要大得多。

這樣的路一直開了六天才抵達目的地。到了之後，G先生做的第一件事就是請這位藏族司機吃了一頓大酒，一方面是慶賀，一方面是感恩。然而，這位藏族司機一點都沒覺得這有什麼可大驚小怪的，因為他每天都是這樣接送客人的，事實上他剛剛又接了兩位漢族女人，要從雲南回到西藏。G先生對我說，從那天開始，他對藏族人就有一種發自內心的敬仰之情，因為他們把生死看得很開，漢族人還是太重生死了。

是的，我們都是把生死看得太重了！

當一個人能連生死都看得很輕時，他心裏還會有煩事嗎？

章太炎先生曾經說過：「性躁皆因經歷少，心平只為折磨多。」當一個人的歷練多了，折磨多了，他的心就會平靜很多，碰到再煩的事也會覺得無所謂了。

人活在世上，煩惱之事在所難免，但是不要把它往心裏去。我們的心是什麼呢？我們的心是在我們降生時，上天給我們的一塊白茫茫的空曠的土地！待我們離開這個世界時，上天要收回這塊土地，我們豐富多彩的人生就會在這塊土地上留下很多鮮花和果實，如果我們一直心煩，那麼這塊土地上就會長滿了又黑又髒的醜八怪，那是何等遺憾的事。

世界就像一棵大樹，我們的一生就像一隻偶然飛進大樹的小鳥，小鳥來前，大樹已經在了，小鳥走後，大樹依舊在那裏。煩惱的事就像同樣偶然地颳來的那陣風，飄過來的那陣雨，既與大樹無關，也與小鳥無關，大樹依然挺拔，小鳥依然歌唱，風雨總會過去，彩虹總會出現！

這就是世界，這就是人生，這就是為什麼事煩，而我們心裏可以不煩！

神奇的餃子

如果說，
你人生的長度是
由上蒼決定的話，
那麼你人生的寬度是
由你的思想所決定的，
而「混」式教育是
你產生新思想的
源源不斷的源泉。

有位內地朋友，年紀長我十幾歲，但其精力遠遠超過我，從前做科研工作，做得有聲有色，後來從政，也是風風火火。講話時一連幾十個數據，精確到小數點後二位數，打網球可以打兩個小時，中午請人吃飯可以同時招待幾個房間的客人，同時與幾十人喝酒，午餐後他照樣可以作一兩個小時的主題報告，沒有一點倦意。

我總是納悶，他哪來這麼好的精力？有一次，機會終於來了，他與夫人一起參加一場宴會，我坐在他夫人旁邊，待他走開時，我悄悄問他夫人：「這位老兄精力怎麼會這麼好呢？他平時有什麼保養的秘訣嗎？」他夫人回答道：「秘訣倒是沒有。不過，他愛吃餃子。」原來，他是北方人，一輩子只吃餃子，家裏、食堂裏吃的都是餃子。

餃子有這麼神奇，為什麼呢？很簡單，它把什麼肉、菜用麵皮子都包在一起混著吃。因為「混」（mixed），所以營養好，同時，也是因為「混」，所以易消化。我兒子小時候剛從美國回來，問過我一個問題：「中國人吃飯為什麼要吃一口菜，再吃一口飯？為什麼不能把菜都吃完，再吃飯，一口氣把飯都吃完？」我聽後也不知道該怎麼回答，可能他是在與美國人吃飯的順序做比較。美國人吃飯是先麵包，再喝湯，沙拉，再上主菜，最後甜品，他們是「串聯的」；我們吃飯是「並聯」的，吃一口菜，吃一口飯，夾一塊肉，是並行的吃飯順序。餃子是徹徹底底的「並聯」吃法，從膳食結構看，餃子的餡料都包在麵皮中，做到肉類、菜類和穀類的適當組合，主副食品搭配合理，營養豐富並且酸鹼平衡，同時有利於人體吸收。

這讓我想起了「教育」。教育是需要環境的，這種環境不僅是大樓、空調、機房等，最重要的環境是「人」。理想的教育環境應該是「混」的，否則，學生為什麼要到學校裏來求學，為什麼不在家裏單獨學習。不同文化背景、不同民族、不同智能程度、不同興趣的學生混在一起，人們把這種教育環境稱之為「diversification」（多元），國外一些一流大學都非常注重創造這種優越的教育環境。所以可以說，許多一流大學的優秀學生不是「教」出來的，是「混」出來的。

一百年前的中國大地到處是戰亂、貧窮和飢餓，但奇跡般地誕生了一批世界級的大學，培養了一大批世界級的學者領袖。我閱讀了若干大學的校史後發現了一個秘密，無論是當時的國立大學，還是私立或教會大學，優秀的大學都有一個共同點，就是按照蔡元培先生所講的「兼容並蓄」辦學。兼容並蓄就是在學術上包容各種流派，使各種文化同時存在。實際上就是一個字——「混」，那時的學生是「混」的，教師是「混」的，連管理體制也是「混」的，這種「混」的環境，潛移默化，融會了思想，產生了文化，提高了學術，造就了大學，培養了一代精英。

教育為什麼應該像餃子一樣是「混」的呢？因為「混」是催生新思想的源泉，而教育的目的，主要是讓學生能夠學會思考，養成思考的習慣。有人說，你有一個蘋果，我有一個蘋果，互相交換，各自還是得到一個蘋果。你有一種思想，我有一種思想，互相交換，各自得到兩種思想。「混」式教育的奇妙就在這裏。「水嘗無華，相盪乃成漣漪，石本無火，相擊而生靈光」，只有通過「混」的教育環境，思想才能交融，從而孕育新的思想。如果說，你人生的長度是由上蒼決定的話，那麼你人生的寬度是由你的思想所決定的，而「混」式教育是你產生新思想的源源不斷的源泉。

提到「混式教育」，我以為最成功的實踐當屬書院制度。師生在書院中共同生活，學生的專業教學由學院負責，書院則為學生在食宿之外提供更為豐富全面的教育機會，包括各種各樣的活動、海外交流等等，既增進學生的文化藝術修養，又培養學生的人際交往能力。一個寢室裏可能有文學院、工學院、醫學院的學生。安排不同專業、不同層次、不同年齡、不同背景的學生「混」在一起，一方面互學互補；另一方面，學會了融合和包容，在身心情志上日趨成熟。

書院制的一個明顯的優勢是能使每一位學生有機會接觸到他們熟悉領域以外的東西，這對學生的未來發展極為重要。大凡有成就的人，你去深究他成就的來源，很多是把從其他學科中學到的知識，移植應用到本學科而成功的。如果大學四年光是學習本專業的知識技能，我覺得不僅極為可惜，浪費了一個年輕人最好的時光，而且這樣的畢業生在社會上也走不了太遠。

我下鄉時曾在一所鄉村小學裏代課任教。當時教學條件非常艱苦，有的班級是幾個年級拼在一起的，稱為「複式班」，三面是三個不同年級的學生，老師的講台在前面中間，老師先給三年級的同學講十五分鐘，然後轉身九十度，給四年級的同學講十五分鐘，再轉九十度，給五年級的同學講十五分鐘。奇怪的是，有時候給五年級同學講的內容，有的五年級同學還不明白，但同教室裏的三、四年級的同學已在那裏舉手，表示已經明白了。

我還一直記得那群穿著滿身補丁的衣服、灰頭土臉的孩子們那一雙雙睜得大大的渴望的眼睛，以及當他們領悟到你教的內容時那突然發光的眼神。

教育，就像領著一群孩子在走山路，無須一定要限制在平坦的路徑上，有時高高低低，有時坑坑窪窪，會帶來挑戰，但會有更多的驚喜和收穫！

守墓者

每一個人都有自己的理想，但理想是一條山道，並非所有人都能走到最後，山路上開始時很熱鬧，走著走著，人就愈來愈少。

我是第四次來這家舊書店了。這家舊書店坐落在京都的舊城區，店面很小，幾乎所有空間都擺滿了舊書，整理得井井有條，每本書都包著書皮，書脊上有主人所寫的工整的漢字。這家書店有不少關於書法碑帖、古代書畫和書道理論的古書，也有不少中文舊書，民國時代的字帖、課本、尺牘和連環畫都有，因此我很喜歡來這裏逛。

這家舊書店據說已有一百六十多年的歷史，店主是一對老夫婦，上午一般是老先生在店裏照看生意，下午則是老太太守在店裏，因而我與他們二人都有過照面，卻從未同時看到過他們倆。今天我興沖沖地趕來，不料卻吃了閉門羹，店門鎖著，不知是什麼原因，今天也並非休息日，或許是老人身體不佳，或是另有緣由，我只好在心裏默默為他們禱告。

這家店是關西大學的一位教授介紹給我的，他在這個社區長大，小時候每天上學都會路過這家店，所以很熟。這位教授也領我去過京都其他的舊書店，從那時開始，逛舊書店就成了我的一個業餘愛好。京都的舊書店很多，雖然其他城市，如大阪、東京，甚至札幌都有舊書店，但規模不像京都的這麼大。舊書店的收藏通常也都非常豐富，你能在其中找到各類書籍，更有妥善保存的書籍珍本。有的書店則比較專業，專營藝術、音樂、歷史、宗教或科學方面的圖書。逛舊書店不僅能夠了解到許多歷史、文化方面的知識，還能淘到一些自己喜歡的、但平時很難找到的珍貴資料。

這些舊書店的店主常常是老人，書店是幾代人繼承下來的，客人很少，我在店裏幾乎很少看到其他顧客，生意的景況是可想而知的了。有時候我常常納悶，這些書店要怎麼生存呢？如果在中國的某個城市，這些書店可能早就轉做衣服或金銀首飾的買賣了，生意肯定比舊書店好，再不然就把這些老房子賣掉，或許也是個好主意，因為這些書店通常都位於黃金地段，房子的價值肯定不菲。

然而，在這裏，就有那麼一批人死心塌地堅守著這些舊書店，似乎虔誠二字都不足以形容他們對舊書店的執著。回想我上次去前面提到的那家書店，老太太在店裏，她已經認識我了，我在店裏徘徊許久，心裏總想要買點什麼。一方面，我是長途跋涉而來，如果空手而歸，好像很不應該；另一方面，我看著老太太怪可憐的，只我這一個顧客，如果今天我沒買什麼東西，她這天可能就白來了，所以我很想幫襯她一下。最後，我看中幾本不錯的碑帖，但價格較貴，人民幣四千多一本，我想與她講講價錢，看能否便宜一些，我想她應該不會拒絕，畢竟她這書店的生意並不很好。

但是，完全出乎我的意料，老太太立刻回絕了，堅持以原價才肯出售，她的神情好像法官宣判一般，嚴肅而無可商量。對此，我也只好放棄。當我把碑帖放回到書架上方的時候，驀地抬頭，看見那一排排擺放著的碑帖，儼然似一塊塊墓碑……啊！昏暗的燈光下，我朝那位老太太看去，她不正像是一位守墓者嗎？

是的，他們都是守墓者。守護的是「文化傳統」的墓。如果不是為了守墓，他們無須這麼執著，這麼堅守。只有守墓者才講信仰、講承諾、講道義。守墓者從來不問功利，也不談生意！

我對店主人的尊敬之情油然而生。北宋張載講過「橫渠四句」：「為天地立心，為生民立命，為往聖繼絕學，為萬世開太平。」我早年讀這四句時，總覺得除第三句以外，都講得很好，對這第三句「為往聖繼絕學」百思不解，有那麼重要嗎？會有那麼艱難嗎？但此刻，從京都這些舊書店的店主身上我才深深悟到繼承傳統之不易！如果沒有這些「守墓者」的執著堅持與寂寞守護，那麼過往的文化與悠久的傳統真將成為「絕學」，世界文明會因此失去多少光彩。

念及此，我感到無論如何我得買點東西再離開。於是，我挑了幾本古代碑帖和舊書，不問價錢就買下了。老太太把這些書整整齊齊地包好，我道謝離開了書店。不遠處有個公交站，我去那兒等車回酒店。

等了還不到十分鐘，天開始下起小雨。一會兒，我看見那位店主老太太氣喘吁吁地跑了過來，她看上去是那麼矮小，背完全駝了，因為她平常都坐在書店的櫃檯後面，所以我並沒有注意到。我急忙迎過去，她手裏拿著三百塊日元，對我說，其中一份碑帖尚未裝裱，價錢多算了，應退還我三百元。同時，估計是看到下雨了，她還拿來一把雨傘和一個大塑料袋，說著就幫我把那批書裝進了塑料袋中，並把雨傘送給了我。我忙著道謝，因為如果這些古書被雨水淋濕了的話，那可就太糟糕了。

等我回到酒店，已是黃昏時分，遠處傳來古寺的鐘聲。我打開剛買回的舊書，細細品味古人的智慧與才華。回想在那家舊書店買書的經歷，忽然感到我與店主人間似有一種莫可名狀的聯繫，我眼前的這本舊書，經他們悉心保管多年，從今天起就轉託至我的手上，由我來保管了！這難道不是我們之間的某種緣分嗎？如果這些舊書也有生命，他們在那裏等了多少年，當人們一個個無情地路過，卻只有我將他們從書架上帶走，這難道不也是我們之間的緣分嗎？

不知不覺，雨已經停了。看到玄關處擱著的那把雨傘，我彷彿又看到那位矮小瘦弱的老太太。我想她哪裏是在賣書啊！她分明是在嫁女兒，你看她是那麼慎重，那麼虔誠，那麼小心翼翼，那麼依依不捨……

每一個人都有自己的理想，但理想是一條山道，並非所有人都能走到最後，山路上開始時很熱鬧，走著走著，人就愈來愈少。當我們也想停下來，或換走平路時，看到前面仍有人在那兒掌燈前行，頓時像看到了希望的光明，從而有勇氣繼續孤獨地向前走去。

讓手機歇會兒

馬要休息，人要休息，我們也需要讓手機歇會兒！讓我們的靈魂回家歇會兒！

從前有個人，奔走於城市與鄉村之間，終日忙碌不停，有時還得上學，他想，如果能有一匹馬該有多好，既輕鬆快捷，又舒服風光。終於有一天，他得到了一匹駿馬。於是，他騎馬到處遊逛，興高采烈，走到東，走到西，不知疲倦。有時候還隨著馬任意跑，馬到河邊去喝水，到山上去採花，他也像馬一樣悠遊得不亦樂乎。就這樣，他終日在馬背上遊玩，日復一日，年復一年。有時候不記得要辦事，有時候也忘了上學。他想：「我擁有的這匹寶馬實在太好了！我讓牠到哪裏牠就到哪裏，可以把世界玩個遍！」

然而，那匹馬可沒有這麼想：「腿長在我身上，我愛去哪就去哪。有沒有背上的那個傢伙，沒多大關係，他來陪我，還餵東西給我吃，也挺好，他不來，我照樣過日子。」

當我把這個故事講給坐在我面前、不停玩著手機的一位年輕朋友聽時，他抬起頭看了我一眼說：「你是說我是那個不知道怎麼駕馭馬的人嗎？」我對他說：「不，我是說，你是那匹馬。」

不錯，就像那匹馬和那個人，誰控制誰，很難說清楚。手機與人也是如此，你完全可以設想，用手機的人就是那匹馬，從來不以為上面還有一個人在控制牠。馬背上那個人就是我們的手機，一方面跟著馬在走，另一方面在指揮著馬的行動。這很像在不遠的未來，當家庭服務機器人進入千家萬戶時，人類以為自己在指揮機器人，而機器人可能並不以為然。機器人想，家裏做什麼、怎麼做、對誰好一點，不還是我說了算！誰對我兇，我就在他的甜品裏放點辣醬，讓他嗆死！是啊，人與機器人共處的時代是互相控制的，這就像今天的人與手機一樣。

手機對人的重要性在當今社會是顯而易見的。人離開了手機，就像小孩子離開了母親，狗離開了主人，士兵離開了指揮官，惶惶不可終日。有時想來很奇妙，這手機就像是人的靈魂了！本來手機是人的通訊工具，現在卻變成了人的「靈魂」，而人則成了手機的「腳」。

是啊，現代手機太智能了，太好玩了。越智能、越好玩，人們就越離不開它，從而造成了人人上癮（addictive）的現象。我親眼看到過，在深圳爬山的路上，一位婦女邊爬山邊看手機，許久才發現她兒子早已滾到山下去了。在泉州的摩托車上，一位婦女邊看手機邊開摩托車，一個跟頭連人帶車摔進路邊的溝裏。我一到學生宿舍，總能看到學生斜躺在床上，手上捧著手機。那個樣子，讓我想起小時候在老照片裏看到的梳著長辮子斜躺著吸水煙的人。手機的上癮程度一點不亞於鴉片和煙草，普及程度也要廣得多。

人對手機的依賴還因為手機的便利、可穿戴性和智能性，使人無法抵禦手機的干擾。看看我們每天隨身都帶著什麼東西：放音樂的iPod，要聽歌的時候，你會打開它；香煙，要抽的時候，你會取一支；墨鏡，陽光刺眼時，你會把它拿出來。這些東西都是你需要時才會去獲取，是被動的。而手機不一樣，它是主動的。一會兒電話響了，一會兒顯示「你收到一條短信」，一會兒顯示「×××發來一張圖片」。這種主動的干擾打亂了你的思路，打亂了你本來的工作，打亂了你原來的計劃，其影響尤為巨大。

我學生時代同寢的一位同學T君，學業差一點，班裏讓我幫幫他。我覺得究其原因是他學習時間不夠。但他同我講，另一宿舍的S君，無論從基礎、年齡，還是愛好來看，都與他差不多，而且他們每天都在一起玩，學習上花的時間也沒有比他多，為什麼S君的成績會那麼好呢？後來經過觀察，我發現每次他們去玩，都是S君跑過來找T君，「咱們去玩吧！」因為這時S君已經做好了所有功課，而T君卻剛剛開始做作業。這樣，久而久之，T君總是受到S君「主動」的干擾，學業當然好不起來。後來，我讓他「反客為主」，讓他先完成功課再去找S君玩，情況就大不相同。所以，主動干擾十分有害。

手機的干擾使人無法專心，而專心又是每個人真正成就一件事的最重要的條件。我們每個人的精力都是有限的，如果整天耗在手機上，我們的精力就分散了。就像手電筒的光那樣，本來已經微弱，現在發散在巨大的黑暗裏，就黯淡得看不見了！

據媒體去年【一】十月統計，目前國內大學生每天平均上網時間是五小時。我問了大概二十多位我校的同學，統計的結果是四小時，除去必須使用手機的時間，大概為半小時，其餘的三至四小時都耗費在手機遊戲、看韓劇和網購上了……如果每天的平均有效時間以十四小時計算，大學生每天在手機上浪費的時間就佔去四分之一左右。這個數目可不少，相當於把你的壽命縮短了四分之一。如果你原先能活到八十歲，這樣一來，你的實際壽命只有六十歲了。

當然，手機上網也有正面效用。智能手機是現代科技的代表，給人們的生活和工作帶來了巨大的方便。只是，各位要明白，我們一方面在享受信息時代的快捷便利，另一方面亦在接受信息時代的巨大挑戰！挑戰什麼呢？在挑戰我們的意志力，控制使用手機的意志力。我發現，人對自己的能力常常低估，卻常常高估自己的意志，至少我周圍的人是如此，包括我本人。所以，我自己對手機的使用有一條規矩，在開重要會議、寫論文或睡覺

【一】編者按：本文作於二〇一六年。

時，把手機放在另一個房間，讓它也休息一會兒。

從這個春季開始，我校在圖書館入口處裝了一批小箱作為「手機休息處」，鼓勵同學們在進入圖書館時把手機放進去，裏面還可以充電。如果哪天你幸運，還會有免費券送。把手機放在圖書館門外鎖好後，你便可以專心去學習了。需要的時候，你也可以隨時取回。這是一項自願服務，我鼓勵大家不妨去試試。

其實，馬要休息，人要休息，我們也需要讓手機歇會兒！讓我們的靈魂回家歇會兒！

旅人

上帝很殘酷。完成一件事需要三個條件：經濟、時間和精力。他不讓你同時具備這三個條件，常常是給你兩個或者兩個半。

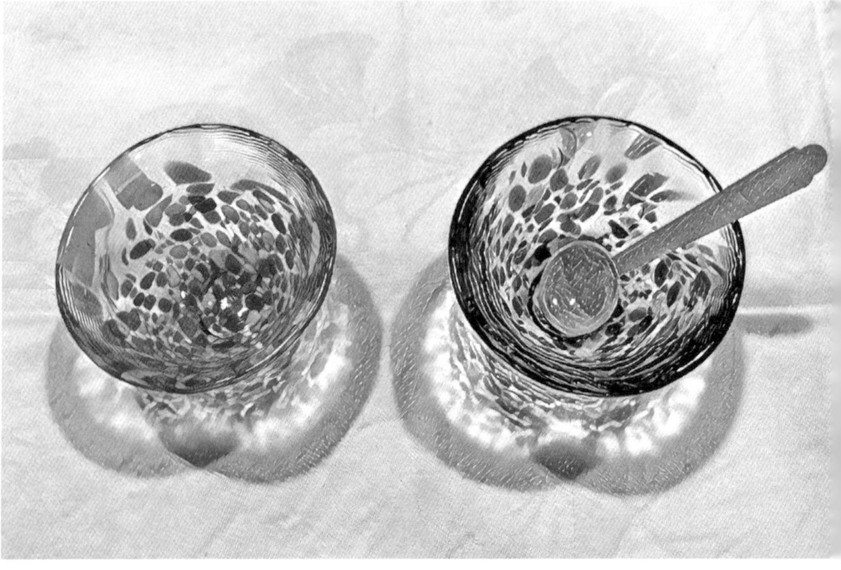

很多年以前，我去參加一次國際會議，會議在意大利北部的一個古老的小城市Udine（烏地內）舉行。因為是從另一個國際會議之後趕來，我便比原本的會議時間提前了一天到達，那天正好是週末，我想如果有人可以結伴同遊這個中世紀古城，倒也不失為一件樂事。

我住在離會議地點不遠的一家小酒店，雖然預訂的時候已經知道這是一家小酒店，但到了之後還是大吃一驚：世界上竟然有這樣小的酒店！三層樓的老住宅，每層大概有兩到三間房，總共估計也不過十來個房間，電梯狹小到只能站兩個人，還得臉對著臉，讓人很不自在。

酒店是「Bed and Breakfast」，早上我去樓下吃早點，遇到一位年歲較大的旅客，穿著整整齊齊的西服，留著鬍子，極為彬彬有禮，他介紹自己是來自拉脫維亞的一名中學歷史教師（稱他為L君吧）。他說自己是第一次來到這個城市，以前只在書本上讀過它的歷史，現在可以親眼看到它，心裏很激動。我們剛坐了一會兒，從樓梯上又下來一個年輕人，像他這種背包族，看樣子是個大學生無疑了（稱他為B君）。他介紹自己是巴黎一所大學的大三學生，學藝術設計。小夥子很陽光，十分健談，一聽說我倆想去古城遊覽，立刻喊著也要同去。於是我們就邊吃早餐邊一起討論這天的行程了。這頓早餐可能是我在酒店裏用過的最簡單的，但卻是時間最長的，因為我們三人都是初來乍到，所有的信息和想法都是道聽途說，所以花了很長時間討論遊覽的行程。

時間不多，趕緊上路！那天天氣晴朗，藍天下，中世紀古堡的斷牆殘垣顯得格外具有歷史韻味。一兩處古跡走下來，L君好像有點跟不上我們，原來他心臟不好，在一個古堡的螺旋樓梯中間，他明顯有些吃不消了，那樓梯只容一個人上下，他走不上去，跟在他後面的我們也只能停了腳步。雖然他看上去極不願放棄，但我還是堅持讓他不要勉強，不如大家都不上去，否則出了人命可就不妙了。

好不容易待他舒緩下來，已是中午時分，我們要找個餐館吃飯。我們在街上走啊走啊，竟然走了一個多小時還是沒找到。其實並不是沒有飯店，而是每一個飯店B君都覺得太貴了，不願意花錢，可能是囊中羞澀吧！我們當然要尊重他，就這樣，走了很長時間，我們才找到一家小攤子，坐在人行道的露天椅子上吃了點當地的pizza。

一天的旅行雖然辛苦，倒還是很愉快的。回到酒店已是晚上了，我買了點熟食和幾瓶啤酒，提議不如回酒店房間吃飯吧。B君熱情地邀請我們到他頂樓的房間去，去了之後，才發現那是一個閣樓房間，要貓著腰進去，但估計價格會便宜點。站在房間裏，要把斜窗打開，人才能站直，而這時上半身早已在屋頂外面了。但這閣樓也挺不錯的，能看到天上的飛鳥，而遠處月光下，教堂的尖頂也顯得格外神聖！

我們邊喝啤酒，邊回味這天的遊歷。先是B君十分感嘆，很抱歉因為自己帶錢不多，尋找飯店耽誤了大家很多時間。他說：「旅行是我生命中最重要的東西，但現在看來還做不到，旅行最重要的是有足夠的經濟財務保障，等我哪天有錢了，一定要走遍天下。」L君靜靜地聽著，慢慢說道：「我年輕的時候，也是這樣想的。但其實錯了！旅行最重要的條件是健康的身體，身體不行哪裏都去不了。」聽著他們的爭論，其實我也有自己的苦衷：「旅行關鍵還是要有時間，我太忙了，抽一天時間去旅行一下對我來說已是十分奢侈，你們倆還可以明天再去我們今天尚未去過的地方，而我只能想想了，哪能陪你們去呢。所以基本條件是時間。」

多少年過去了，那天晚上我們討論旅行的情景還歷歷在目，我們三人所講到的旅行的三個要素，隨著自己的人生一路走來，愈發覺得確實如此。當我們年輕的時候，總覺得時間大把，身體健康，但囊中羞澀，處處受到自己經濟條件的限制，交通儘量選擇火車的硬座票，有時甚至是貨車運貨艙；旅店儘量住通鋪或十多人一間的房間，有時找不到這樣的房間，就在火車站大廳的座位上過一夜……而當我們稍稍有了點錢，卻又忙於工作，很少可以抽時間出去旅行，有時即使去旅行也是帶了很多工作，邊改論文邊旅行。人到了晚年，經濟條件和閒暇時間都不成問題了，但身體開始不行了。你會擔心這山太高，那路太遠，時間太緊，對世界上的許多名山大川只能是望洋興嘆，心有餘而力不足了。

你看，上帝很殘酷。完成一件事需要三個條件：經濟、時間和精力。他不讓你同時具備這三個條件，常常是給你兩個或者兩個半。

人生就是這麼遺憾！

旅行是如此，人生中的其他事也是如此，比如說讀書。上次去武漢出差，去一家書店裏逛，一位年輕人拿著一本書問店員此書今天是否打折，店員回答他說沒有。過了幾分鐘，他又跑到另一個櫃頭去問同樣的問題，另一位店員還是回答他沒有。出於好奇，待他走開後我去看了一下他要的是什麼貴重的書，一看價格也不過四十多元。回想起來，我年輕的時候也是這麼過來的，當時因為買不起書，我還手抄過好幾本書。當我們有錢買書的時候，卻已經沒有時間看書了，書櫃上放著很多新書，晚上坐在寫字台前，斜眼瞄著這些來不及看的新書，那感覺有些像《大紅燈籠高高掛》那部電影裏，老爺看著每個妻妾門前高掛的燈籠，一開始是得意，「有這麼多書，選哪本都行。」繼而是遺憾，「哪有這麼多時間啊！」當然，到了一定年歲之後，你會發現能讀的書的數量也是有限的了，正如一位年長的朋友對我說的：「我現在要很仔細地挑選要讀的書，因為我剩下的時間不多了。」

所以，做什麼事都有這三個限制。人生的這三個要素很像我們穿的學生裝上的那三個口袋，一隻口袋裝金錢，一隻口袋裝時間，另一隻口袋裝健康，而這三個口袋又好像是互相連通的。一隻口袋滿起來的時候，另一隻口袋就會空下來，似乎我們永遠找不到三個口袋都很滿的時候。於是，你會用一隻口袋的健康去買另一隻口袋的時間，或者用一隻口袋的金錢去買另一隻口袋的健康，但買來買去，你還是很難做到裝滿三個口袋。

這三個要素，從數學上講，可以把它看成三個坐標軸，你可以想像把你一生可用的最多的錢財作為最大值，歸一化後，截一段坐標。同理，你可以把你一生的時間和健康狀態作為其他兩個坐標，這就構成了你的三維人生坐標。在這個坐標系裏，每個人都是從原點開始的，因為這三個參數在你出生時都是零，然後才伸展開來，有時沿著一個坐標面走一陣子，有時沿著另一個坐標面走一陣子，走著走著，你就在這個長方形裏面繞了一大圈，漸漸地又走回到了原點。不信你可以去查一下，你今天的人生坐標函數值大概是多少。

人生，就是一場旅行。我們都是旅人，凡是旅人都需要這三個條件。上帝常常只給你兩個或兩個半，剩下一個或半個就要你自己去爭取了。這種爭取和努力，就是你不顧磨難、奮力向上的追求和修行，這就構成了每一個旅人一生的精彩與美麗。

我突然有一種再去一次 Udine 的衝動，至少在我還沒有L君那麼老的時候！

鬆而不懈

「鬆而不懈」是一種人生態度，既有超脫的一面，又有積極的一面；既有順天命的一面，又有盡人力的一面；既有虛懷謙和的一面，又有自信堅強的一面。

前一陣子，同學們都在忙著各種各樣的面試和考試，有不少同學來找我詢問是否有什麼「錦囊妙計」。同時，不少高三畢業班的同學和家長也都紛紛參加各種「高考工作坊」，準備一場命運攸關的考試——高考，有不少家長也來問我：「如何能在高考中發揮得更好？」

面對這些詢問，我想了一想，我能提供的最好的建議是——「鬆而不懈」。面試也好，比賽也好，臨場前也好，準備階段也好，一定要放鬆自己，「鬆」才能最好地表現自己。但是，「鬆」又不能「鬆懈」。人一旦鬆懈，什麼事情都辦不成。然而，做到「鬆而不懈」並不容易，這要靠平時的積累，與自身的習性、意志、情操和思想方式也都有關。

初學太極或者氣功的人都知道，放鬆是最基本的，師傅總是不停地說「要放鬆，要放鬆」。你也知道「放鬆」很重要，但就是「鬆」不下來。一場考試或一個重要活動之前，要放鬆那就更難了。為什麼放鬆這麼難呢？主要還是因為你把這件事想得太重要了！「緊張」的根本原因是我們在心理上過分放大了所面臨的這件事情的重要性。

其實，每一個人，都是很容易把事情的「重要性」放大的。尤其是當一件事情，無論是對個人、對家庭、對公司或對國家，大家都覺得重要時，這種重要的程度就會被無端地誇大起來。因為當你覺得這事很重要，與旁邊的朋友一討論，他也覺得很重要，所以你馬上就在心理上提高了這件事的重要指數，再與其他朋友討論，亦是如此。一而再，再而三，這樣下去，你就愈來愈覺得這事真的重要至極。

你可以做個實驗，先閉起眼睛，想一想，此時此刻你認為最重要的事情是什麼？然後再想想，這個事情有多重要？然後，再問問自己，這個事情真的有那麼重要嗎？我們來看一個例子，現在有很多朋友在微信上發諸如養生、節食、素食、減肥之類的帖子，我也覺得很有必要，現在的物質太豐富了，好吃的東西太多，自己要經常留意，不能吃過量之食，素食我也很喜歡，自己也經常吃。但看到周圍有的朋友似乎在這方面又過於執著了。我認識一位老年朋友，成功地控制飲食，他妻子說，讓他吃一塊肉，簡直像是讓他去死一般，一年內瘦了幾十斤，看上去骨瘦如柴。一年後碰到，我同他說，我在德國的一位朋友比我懂養生，他覺得老年人還是應該有點肌肉的，說過這個話後兩天，他馬上來告訴我，他現在開始吃肉了，爭取胖起來。我聽了真是哭笑不得，人的生活怎麼可以這麼刻意呢？注意，我不是說節食、素食不重要，我是說這些都是重要的，但可能沒有你想的那麼重要。

另外一位朋友，是位搞工程科學的老專家，腸胃不太好，醫生叫他喝粥，他喝了一陣子粥後，感覺效果不錯。有一天，我們在北方的一座城市開會，那天晚餐上沒有粥，餐館是一家麵食館，找不到粥，他好像面有難色。第二天早上，我看他臉色很是憔悴，他說一個晚上沒有睡好覺，胃炎又犯了，整個人望上去就像個病人似的。我也不好說他，但我心裏想，喝粥是好習慣，但有這麼重要嗎？難道一餐不喝粥人就一定會生病？

這幾年我觀察過周圍很多人很多事，我發現，不論中外，不論男女，不論老少，普遍會把一件自己認為重要的事情想得過分重要了，子女上大學是如此，賺錢是如此，加工資是如此，發表論文是如此，健身是如此，不勝枚舉。所以，我常常想，當我們碰到重要的事情時，是不是應該先想想這事有那麼重要嗎？或許，乾脆把那個重要程度「校正」一下，把你認為重要的事情的重要性去乘上一個零點七的係數，這樣所得出的結果才更客觀，才更接近你對這件事所應該持有的看法與態度。

把事情想得過於嚴重，會產生過多的壓力。這些壓力就像你旅行中的行李的重量，太重了，你無法走快，無法走遠，你人生的路會走得愈來愈沉重。

去面試之前，你可以做一些準備，但你不要把這場面試看作生死攸關的大事，好像沒有拿到這份職位你就會活不了一樣，你就想：「大不了我拿不到這個職位，那又怎麼樣？」金庸小說中的東方不敗，後來卻是常常失敗，因為取勝的心太切。再後來他改名為東方求敗，於是他就得勝了。原因很簡單，他那個時候放鬆了。人一放鬆就會顯得自然，就有可能得到古人講的「勢」，就可能因勢利導，因為「勢」是自然的，而且可以運用它的自然性。韓非子講「勢」：「飛龍乘雲，騰蛇遊霧」。人一緊張，「勢」就走了，就像雲霧一散，龍蛇與蚯蚓就差不多了。

為什麼人一放鬆就會把自己的智慧發揮出來呢？這件事我想過很久，直到最近看了一些古籍文獻才開始慢慢有所領悟，在這裏就和大家簡單地分享一二。人的智慧分為兩種，第一種智慧是在頭腦裏的，我們暫且叫它「頭腦的智慧」，就是我們通常所指的有關記憶、邏輯、判斷、知識等等，這些東西是由後天在學校內傳授和練習所獲得的東西，有時道家的書上將之稱為「識神」，即通過「知識」所達到的「智慧」。「知識」兩字，都有「口」，「知」是由「矢」（弓箭，古時候指傳輸工具）和「口」組成的，意思是可以通過口來傳授的東西。「頭腦的智慧」是由後天的教育和練習所得到的 rational（理性）的東西。

人還有另一種智慧，我稱之為「身體的智慧」。舉個例子：你在演講時，一位朋友遞給你一杯水，你說「謝謝」，伸手去接那杯水，當你接到水時，突然發現這杯水是滾燙的開水，你會尖叫一聲，放開手，水杯就倒在地上了。整個過程，是手上的智慧告訴了你應該這樣做，沒有經過任何頭腦的思辨活動。其實我們身上各處都有智慧，有豐富的傳感。豐富的知覺，豐富的智慧，古人稱為「元神」，是人的本元的東西，我們稱為「直覺」，或者「頓悟」，或是「靈性」，就是這類東西，有時聽上去很玄，但仔細思考起來，還是非常有道理的。元神是與生俱來的、原始的、屬於人的生理的基本屬性的東西，是人的智慧的一個重要部分，甚至可以說是最重要的部分。

當然，「頭腦的智慧」（識神）與「身體的智慧」（元神）是有關係的。我的理解是這種關係近乎成「反比」，識神愈伏，元神愈顯，意思是當我們過分思考，過分緊張，識神一直在主導著我們的行為時，元神會退後，甚至會隱去，或暫時消失。反過來，如果我們放鬆自己，「心」歸於「息」，心息相依，元神就會上來，人身體本來的智慧就會更好地發揮作用，你會感到你就是你自己，會自然而然地回答各種問題，你的靈動性就會發揮出來。你順其自然的態度、主動活躍的感覺、誠實靈活的反應，都能體現出你自己的那種自信與自在，這就會感動面試官，使大家感到你的出眾的優秀。而所有這一切的前提是，你必須「鬆」下來。不放鬆，你自身的靈動力是發揮不出來的。

智慧是一種彈簧力，你愈緊張，頭腦繃得愈緊時，智慧是出不來的。

每個人都會碰到緊急的時候，危難的時候，困惑的時候。正是在這種時候，你才更需要放鬆自己，只有當你放鬆了自己，你身體的智慧才能幫助你，保護你，把你自身的優勢發揮出來。有一次我在美國爬山，在往下走的時候，突然發現前面的一段山路非常陡。我連忙對自己說「不能緊張」，我發現自己的腳馬上就讓腳尖落地，快速輕盈地跳著往下走，身體自然往後傾，十幾秒鐘後就站在比較安全的地方了。這種經歷我們每個人都有，危機的時候，第一件事就是放鬆自己。

「鬆而不懈」的另一個方面是「不懈」。「不懈」是一種精神，在面試、在比賽之前，這種「不懈」的精神使你能表現出那種頑強不屈的韌勁兒、那種執著上進的意氣。你並不是隨隨便便、鬆垮垮地在回答問題，相反，你對每個問題都很認真，都一絲不苟，咬住每一個問題，盡力把它做好，這種精神，是在考試和比賽中得以制勝的法寶。

當然，「不懈」的精神是在平時養成的，堅持你認為應該做的事情，持之以恆地一直做下去，永不言放棄，只有這樣才能有所收穫。在我們的學習工作中會碰到無數非常優秀的人才，許多是自學成才的，靠的就是每天堅持自學的精神。我們去一家農場或者一家工廠，常常會發現這裏最厲害的工程師、農藝師可能連大學都沒唸過，再仔細觀察他，為什麼這麼厲害呢？答案很簡單，那個出色的工程師、農藝師常常是非常好學的，每天積累一點東西，日復一日，年復一年，積累下來驚人的知識與才能。古人講「不積跬步，無以至千里；不積小流，無以成江海。騏驥一躍，不能十步；駑馬十駕，功在不捨。鍥而捨之，朽木不折；鍥而不捨，金石可鏤」。只要我們能堅持不懈，世界上沒有不能征服的困難。

所以，「鬆而不懈」不僅是面對考試、面試時應有的態度，而且應該是貫穿在我們平時的學習工作中的一種精神。一點點的積累是可以成為巨大財富的，每天積一點，學一點，成長一點，任何一個人都能成為聖人。人的一生很長，但每個人對自己人生的長期目標常常定得太低，所以走不了太遠；但對短期的目標常常定得太高，所以時常失望。

「鬆而不懈」是一種人生態度，既有超脫的一面，又有積極的一面；既有順天命的一面，又有盡人力的一面；既有虛懷謙和的一面，又有自信堅強的一面。只有這樣，我們才能在人生的大風大浪前，懷著寧靜而喜悅的心情，從容地走出一條自己想走的道路來。

莫高窟的智慧

「容」字體現了一個人、一個民族的格局和未來的走向。心胸有多大，格局就有多大。你容得了天下，你就是天下！

從小就知道西邊的沙漠上有一顆明珠，那就是我一直夢想要去的地方。去年〔一〕終於得償所願，與一幫香港的朋友結伴，遊覽了敦煌莫高窟，總共走了二十多個洞窟，十分盡興。

敦煌莫高窟始建於十六國時代，經十六國、北朝、隋、唐、五代、宋、西夏、元等歷代興建，終成規模，目前共有洞窟七百餘個。然而，莫高窟最為輝煌的時代當屬唐朝，據說那時洞窟的數目曾達千餘個。北宋之後，莫高窟才漸趨衰落，元代後就更為冷落荒廢。莫高窟的興盛與絲綢之路的繁榮緊密相關。當時，莫高窟作為絲綢之路上的重鎮，無論是達官貴人、商旅使者，還是僧侶和傳教士都會在此經過。因而，敦煌藝術最為輝煌的成就在於她的包容，不同民族、不同宗教、不同藝術流派的精華都得以在敦煌交融呈現。我還想像不出世界上會有第二個地方，能夠像敦煌這樣，把千姿百態的世界文明統統融合在萬里沙海中的一塊小小的石崖上。

去莫高窟之前，我想她大概與其他石窟無二，無非是一些石雕、菩薩和壁畫。但到了莫高窟，我卻實實在在地被眼前的景象震撼了！這種震撼遠遠大於任何一個宗教寺

〔一〕編者按：本文作於二〇一六年。

院、藝術展覽或人文古跡所帶給我的感受。仔細想來，其緣由大概是莫高窟包含了所有你想像的到和你想像不到的東西，她是包羅萬象的，這種包羅萬象體現了她巨大的包容精神。

莫高窟的包容隨處可見。作為佛教聖地，她處處頌揚著佛陀的功德，然而，她的一些壁畫風格卻頗似基督教教堂中的壁畫與窗畫，而有些人物故事又出自道教的經典。敦煌壁畫常以印度古代摩伽陀國的神話為題，但其中的山水風景與綫條風格又往往透露著中國傳統的畫風。敦煌壁畫的色彩也很奇特，一方面她有張大千臨摹敦煌壁畫後常在作品中用到的淡綠鮮艷的潑彩水墨，另一方面她又有許多近似伊朗、希臘一帶壁畫的棕黑與深藍的色調。典型的佛教神話如飛天、九色鹿王、比丘尼遇難等故事在壁畫呈現上採用各種畫法，異彩紛呈。這可以說是那個時代百花齊放所特有的燦爛輝煌。

敦煌藝術最輝煌的時代在唐朝，這與唐朝包容寬鬆的政治經濟環境極為相關。唐代不僅是我國歷史上最為寬容的朝代之一，在世界歷史上，可能也只有古羅馬帝國能夠與之相較。唐代的用人制度，自唐太宗始，都是寬容且多元的。據考證，那時的政府官員有三分之一是外國人。我想現今任何一個國家、地區的政府恐怕都很難做到這點。唐代也是宗教信仰十分自由的時代，道教與佛教在這段時期均發展蓬勃，這在我國歷史上的所有朝代中，或者其他國家的不同時代也是極為少見的。

敦煌藝術啟示我們：寬容、多元、包容不僅對藝術，對一個地區，乃至一個國家的發展都是至關重要的。從歷史上看，每當一個地區的人民具有寬宏包容的心態，這個地區就開始發展、逐漸興盛，繼而在心態上會更為自信、更加包容，最終走向繁榮與強盛。唐朝就是一個例子。反之，如果抱有保守狹窄的心胸，這個地區就會日漸封閉保守，逐漸走向沒落，明朝就是一個例子。

當然，包容精神的本質是對自己的信心。古人講「有容乃大」、「以大度兼容，則萬物兼濟」，包容是一種高貴的品質和成熟的心境，有了這種品質和心境，人會變得豁達，變得堅強；藝術會變得豐富，變得有趣；科學會變得廣博，變得深厚。一個「容」字是古今中外，無論是文化藝術，還是科技產業，從弱到強，從無到有的根本原因。「容」字體現了一個人、一個民族的格局和未來的走向。

這讓我想到今天的深圳。在深圳百分之九十以上的人都是外地人，在這個平均年齡不到三十歲的城市裏，到處可見年輕人的創新活力。為什麼在這短短的三十多年裏，有這麼多年輕人到深圳來？他們為什麼不到別的地方去呢？這中間一定有其原因。我問過很多年輕人：「你為什麼要到深圳來？」他們的回答大多是以下兩點：第一，這裏的機會多一點；第二，這裏不排斥外地人。其實第一點也是以第二點作為前提的。能夠容納外地人是一個地方興旺發達的最基本因素。上世紀的紐約和上海是如此，今天的矽谷和深圳亦是如此。

在深圳，很少有人問你是哪裏人，因為這裏幾乎所有人都是外地人。曾經有位香港朋友問我，深圳都是些什麼人？我回答，我們深圳都是鄉下人，無非是進城的先後和來自的鄉下不同罷了，有的進城早，有的是剛剛進城，有的說潮州話，有的說湖南話，有的說東北話，有的說四川話。就是這麼多成千上萬、上百萬、上千萬的年輕人，從全中國各個角落奔赴深圳，懷揣夢想，艱苦創業，互不歧視，造就了這座城市經濟與科技無與倫比的輝煌！

來了就是深圳人，深圳的文化就是包容多元的文化。如果要用一個字來描述深圳的文化，那就是「容」。你看，廣州人說粵語，上海人說上海話，全國各地都有自己的方言，連北京都有北京腔的京片子，只有深圳沒有「深圳話」。在深圳，深圳人講自己聽得懂的全國各地的普通話，北京人能聽得懂，香港人也聽得懂。

到街上去看，穿什麼衣服的人都有。前兩天，我與一位內地的朋友在街上走，前面一個男子穿著一件現在很難見到的草綠色的軍大衣，旁邊走著一位穿著超短褲的女孩，露著兩條修長的白腿。我那位朋友悄悄地對我說：「你瞧這倆穿的！」我說：「挺好，一個青菜，一個蘿蔔。」想當年在內地，若是有哪個年輕人留長髮，穿大口的喇叭褲，準有街頭老大媽揮著剪刀等著，一看到就追上來剪。

在敦煌聽到這樣一個故事。幾十年前，敦煌還不像現在這樣有名，沒有多少遊客，只有幾十名考古工作者埋頭在沙漠裏做研究。這些考古工作者常常在晚上被熱鬧嘈雜的人聲所驚醒，醒來一看卻什麼人也沒有。睡下後，不一會兒又聽見人群熙熙攘攘的聲音，好像是當年畫壁畫的畫家和工匠們在和市民們說話交流。有趣的是，這些考古學家怎麼也聽不懂他們在講什麼話。我不禁插嘴「估計他們講的也不是一種語言」，他們是來自世界各地的藝術家啊！我那天晚上在想，如果五百年後在深圳的華強北地區「鬧鬼」的話，那些鬼可能都講些什麼話？是的，在今天的深圳，人們在機場，在車站講著各種各樣的語言，熙熙攘攘之下是不同文化背景碰撞所產生的火花，所激發的創新，所催生的新時代的文化。

世上的事到最後是一個「容」字。你能容多少，你就能得到多少。世界是大海，這個「容」字就是你手上的那隻碗。在歷史的長河裏，我們所看到的是多少人的可憐的小碗在這個大海裏拚命倒騰，為的是盛到更多的水。然而，能盛多少水與你的倒騰沒有太多關係，而只與你手上那隻碗的容量有關。即便是知識，亦是如此。清代畫家石濤在講到書畫時曾經說：「天之授人也，因其可授而授之，亦有大知而有大授，少知而小授也。」你看，你容器如果小的話，即使老師也只能交給你一點點小小的技能。此所謂「水惟善下能成海，山不矜高自極天。」

昔日的莫高窟和今日的深圳說明了同一個道理：海納百川，是海之成為海的唯一途徑。心胸有多大，格局就有多大。你容得了天下，你就是天下！

草原上的黃花菜

草原上的黃花菜很美，
美得很自然。
自然的美，
其實是美的最高境界。

夏天的錫林格勒大草原，像浩瀚的大海，廣闊無垠，微風吹過散發著濃濃青草香的大地，那清香沁入肺腑，令人心曠神怡。我們駕著四輛車從錫盟向東北，邊唱歌邊飛馳在大草原上。一會兒，我們索性駛離公路，直接開在草原上。

這裏的草原真的太美了！天上的雲特別低，一朵朵雲像白色純潔的花，很低，低得好像可以用手摘取。陽光透過低低的雲層照射到遼闊的草原上，使草原染上了不同的顏色，有的是翡翠綠，有的是金色，有的地方是青藍色，有的地方是墨綠，五彩繽紛，美得無法用言語來表達。

因為前一晚下了點雨，草地有些潮濕，我們車隊的其中一輛車陷在了溝裏，於是只好停下來。下了車，踩在草原上，更親密感受到了草原的氣息。萬萬沒有想到，草原遠看有遠看的美，近看有近看的美。遠看它像大海，近看像是無邊無際的花園，無數種不同顏色的花朵，像色彩繽紛的繁星灑在藍色的天幕上。

忽然間，同行的朋友問道：「那是什麼花？」他指著一種黃色的花，乍看有點像水仙，又有點似喇叭花，再一看，那種花遍地都是。同行的牧民告訴我們那是黃花菜。開花的叫黃花菜，不開花的叫金針菜，都可以食用。

我忽然想起，這就是我們小時候常吃的金針菜，曬乾後是黃色的，可以燉肉吃，鮮嫩可口，還能使燉在一起的肉不那麼油膩。它也可以和豆腐乾一起夾在豆腐皮中做成捲狀，可蒸著吃，也可炸著吃，我們管這叫「素肘子」，是一道十分可口的素食。

然而，黃花菜有這麼好看，這在以前卻是不知道的。

草原上的黃花菜很美，美得很自然。自然的美，其實是美的最高境界。

很多年以前讀一本美學的書，書中講到對稱是美的一種。我很同意，從許多美的建築中能很容易找到這條規律，但仔細想，這種對稱還是應該符合自然的原則。你說樹是不是對稱的？樹的美，是因為它對稱，但也是因為它不對稱。完全對稱的樹是沒有的，自然界不存在這樣的樹。所以，「自然」比「對稱」來得更為重要。

「自然」，就是原始的、天然的，它意味著「不刻意」。美，是不可能刻意的。我從小看過不少古代書法家的字，尤其在行書方面，比較喜歡米芾和黃庭堅。宋人稱「蘇黃米蔡」，我常想，蘇東坡為何應該排在第一呢？後來，隨著時間的增長，我卻愈來愈喜歡蘇東坡的行書，他的書法極為自然率性，不是故意要表現美，而是自然散發出來的那種美。就像草原上的黃花菜，有大有小，有長有短，葉子有青有黃，花色有深有淺。如果旁邊擺一盆五千元的君子蘭，你很容易發現哪個更美，因為那個更自然。

大家紛紛採著黃花菜，我以為大家是要採回去放在花瓶裏觀賞，沒想到大家都說要採回去炒著吃。牧民們平時就是這樣採回家做菜吃，或者拿到市場去賣的。

同行的那輛車已經從溝裏拉了出來，我們繼續駕車前行，然而我的思路卻還停留在黃花菜上。我想著這麼好看的花卻去作了烹飪的材料，是不是有點可惜呢！這世界上既好看又好吃的東西可不多啊！常常是好看的東西，不實用。而實用的東西，又不好看。

外表與內在都值得稱道的東西實在少見。比如說，近年來許多大城市都興建了一些地標性的建築，劇院、博物館、體育館等等，外形看上去美輪美奐，絕對出自大手筆，但如果有機會進去看看，就會發現許多不盡人意的東西。音樂廳擁有超現代的外形，但進去落座之後，你發現你連腿都伸不直，座位空間實在太小了！而演出就更是慘不忍睹了。可謂「一流的外形，二流的裝修，三流的演出」。反過來，內容功能倒還實在，但外表卻不能恭維的，這種東西也不少。你去看看近年來建的橋樑，亞洲的許多著名河道上如今都架著幾座，甚至十幾座橋樑，大大提高了運輸能力，促進了經濟發展。但這些橋在外型上常常千篇一律，沒有像金門大橋那樣給人以一種美感。

外形的美與內在的惠確實很難統一，為什麼呢？我的思考是這樣的。外在的美以感覺為主，而內在的惠以理性思維為主。就像我們看到任何一件藝術品，突然感到眼前一亮，喜歡上它了，那全是感覺，與理性思維無關。有朋友曾問我王羲之的《蘭亭集序》為什麼世世代代受那麼多人喜歡，它究竟好在哪裏？我也說不出來。因為喜歡主要是憑感覺的，沒有什麼理由可講。

所以說，在這個世界裏，外在的美與內在的惠比較難做到統一。我一方面愈想愈感到草原上的黃花菜的神奇，另一方面愈想愈覺得藝術與科學技術結合的重要性。

晚上在蒙古包裏吃大餐——全羊宴。這裏的羊肉真好吃，我從未吃過這樣鮮嫩多汁的羊肉。然而，最受歡迎的卻是黃花菜，新鮮採摘而來，再配一些肉絲烹飪，它既有蔬菜的味道，但比蔬菜鮮嫩；又有蘑菇的味道，但比蘑菇有質感。

草原上的黃花菜，它是這麼美味可口，以至於人們忘記了它原來還可以這麼美麗。它又是如此美麗，以至於人們會懷疑它原是這樣美味可口。人也是如此，我們學校有的同學彈得一手好琴，以至於人們忘記了她還是一位數學高手。有的同學在競賽中顯得冰雪聰明，以至於人們懷疑他們俊朗美麗的形象是否是真的。

對美的熏陶是學校教育的重要一環，不幸的是這部分的教育常常為人所忽略。美是一種潛移默化的熏陶，是需要培養的。尤其在年輕的時候受到美的熏陶，人們才能在成年後的行為中體現出整體的美感。一個建築工程師，如果沒有對美的感知，他所設計的橋樑當然只能是一條貫穿大河兩端的水泥路面。

我們強調美的教育，並不是要忽視「真」、「善」和其他方面的教育。事實上，學校教育是一個整體，我們今天上數學課並不是要求每個學生今後都去做數學家，同樣，我們今天請校外藝術家駐校，讓同學們學習音樂和美術，並不是要求我們的學生今後都成為藝術家。我們是希望無論學生今後從事什麼工作，他們都有廣博的胸襟，豐富的心靈，深厚的學養和平衡的心態來處事待人。我們是希望通過美的教育使我們的學生成為一個熱愛生活的人，能夠享受人生的樂趣，能夠珍惜生活中碰到的哪怕最簡單樸素的事物。

這裏我不禁又想到了蘇東坡，這位才華橫溢、幾乎在所有領域都貢獻卓著的古人。你看，書法上的「蘇黃米蔡」，他排第一。在繪畫上的「蘇米」，他列於米芾之前。散文上的唐宋八大家，他們父子佔了三人。詩詞更不用說，網絡上唐宋詩人的排名，他是僅次於杜甫的引用率最高的詩人。詞人而言，人稱「蘇辛」，他列於辛棄疾之上。然而我想要說的不是這些，我想說的是，他即便在潦倒落魄、帶著家人顛沛流離的時候，居然還在黃州發明了「東坡肉」這道一直流傳至今的菜餚。在我看來，蘇東坡的偉大之處就在於他對人生的熱愛。而這種熱愛，如果沒有對美的感知和對世間人情物理的理解，是不可能的。

說到蘇東坡，我不由得記起小時候家裏常做的東坡肘子，下面放的正是黃花菜。是的，就是那個兼有美麗與實用的黃花菜。

一個沒擠上火車的人

人的一生其實沒有成功與失敗，只有「擠上」還是「擠不上」火車之別。這個世界無論生活還是工作，其實都是在趕火車，有時擠上了，有時沒擠上。

那是十幾年前的一個冬天，我從香港趕到深圳，準備與一位內地來的朋友吃晚飯。不料這位朋友的飛機誤點了三個多小時，此時尚未起飛，只好改為第二天早上的航班。而我卻已經出海關到了羅湖。那個傍晚很冷，可能是快過年了，街邊的小店裏都掛著很多紅色的春聯、南北貨、糖果袋等等，臨近火車站，熙熙攘攘，我好不容易找到一塊人少一點的地方歇腳。

感覺肚子有點餓，我想不如隨便吃個晚餐。於是，走進一家小飯館，裏面已經滿了，只好坐在臨街邊露天的一個圓桌上。坐下後點了兩個菜，還沒開始吃，服務員跑過來對我說：「不好意思，這位客人能不能與你拼桌子？」我說：「當然可以。」一個大圓桌，我一個人坐在那裏，空蕩蕩的，有個人來坐也無妨。

來人是一位三十幾歲的男子，清瘦，一看就知道是個民工，兩大包行李放在桌旁，把我腳的位置都幾乎佔沒了。他連聲說「對不住」，坐下後我隨便問道：「你是去趕回家的火車吧？」他沉默了一陣，那眉頭深鎖的臉開始激動起來，聲音從低到高，中間夾著不少罵人的話。大意是：他是個河南人，在這裏打工已經十幾年了，這兩年找了個本地人結婚了，生了一個兒子，今年是三人第一次一起回河南老家過年，二老都沒見過他媳婦和小孩，他們三人是前天來深圳買火車票，不料，前兩天怎麼也買不到票，試了很多方法，找了很多門道都沒有用，最後還是沒有買到車票。今天一早，一個票販子找到了他們，說能幫助他們買票，他想想在寒冷的火車站廣場過夜的滋味，尤其孩子又太小，他趕忙說「行」，決定買高價票，半小時後，那位票販子還真的搞來一張票，他們喜出望外，以為這下可以坐下午晚一點的火車走了。不料，票販子再也搞不來第二張車票了。火車馬上就要開了，怎麼辦呢？他們只好決定讓媳婦帶著小孩先用這張票上火車了。

他就這樣留了下來！他是一個沒擠上火車的人！

他一邊說，一邊喝啤酒，看那個樣子是蠻痛苦的。幾年沒回家了，本想這次回家看看家裏，父母都老了，媳婦從來沒見過他們家的人，孩子又太小，媳婦一個人在路上要轉幾個站，不知能否搞得清楚。我也不知道如何安慰他，只是建議他，不如多打打電話。那時的手機沒有像現在這樣普及，他說他有一個破手機，已經給他媳婦了，他這裏要打電話就得跑到電話亭裏去打。

雖說很同情他，但也幫不了他什麼。他說，今天晚上可能又要到火車站去過夜了。我忽然想到，我那位朋友今晚飛不到了，不如讓他住我朋友那個房間。於是我打電話給朋友，幫他們聯繫上，張羅好此事之後我就過羅湖海關回香港，打算明早再來見我那位朋友，如果他明天早上能起飛的話。

坐在香港的廣九鐵路上，我的思緒還在那位沒擠上火車的老兄身上，這位老兄是蠻慘的，明天不知能不能擠上火車，看他的那個樣子，好像希望不大。說道「擠火車」，其實每個人都可能會有這種經歷。人這一輩子，從大的講，都是在趕火車，有時擠上了，有時擠不上，你不可能每趟火車都擠上，也不可能每趟火車都擠不上。考試、上學、升職、加薪，統統都是如此，不是嗎？擠上了，歡天喜地，興高采烈。一旦沒擠上，埋怨委屈，沮喪悲哀。

這個世界充滿著不確定性，人多，機會少，競爭激烈，凡事必須「擠」。從小學到大學，這十來年的學習過程，實際上就是一個「擠」的過程，畢業後，你以為可以輕鬆了，其實更「擠」了。人這一生，說到底就是一個一直在「擠」的過程。想想我自己，當年高中畢業後去下鄉，那時所有的知識青年都夢想有一天能「擠」回城裏。我在村裏經歷了三次這樣的過程，第一次返城支工，我「擠」不上。第二次是參軍，我也「擠」不上。第三次是「考大學」，這趟車來得出乎意料，「擠」得很有喜劇色彩，所以我不妨把它敘述一下。

一九七七年，中央確定恢復高考，所有在「文革」期間的中學畢業生（十一年的初高中畢業生）都可以參加。我半信半疑來到所在的公社機關，幹部說消息基本是對的，但對我的情況，要有兩年以上的農村經歷。我申明了雖然我戶口遷入農村兩年還差幾個月，但事實我已在這裏工作了兩年以上了。幾經爭取，那幹部給我開了個證明，說：「你自己去碰碰運氣吧！」

大概過了兩個星期，粉碎四人幫後的第一次高考就開始了。我懷疑我能否參加考試，更懷疑光憑考試就能錄取大學生。我一天都沒有複習，其實即使複習，也不知複習什麼，因為連考什麼科目也不清楚，況且只有兩個星期。好在我在村裏幾乎每天晚上都讀書，那時候我什麼書都讀，凡是有文字的東西都讀，有哲學、歷史、文學、宗教、邏輯、地理方面的書，也有電工、拖拉機、數學、植物保護方面的書，有《魯迅全集》，也有馬克思的《資本論》……那個時候是我一生中讀書最多的一段時光，也是我最為快樂的一段時光。

考試那天，我帶著公社證明去了考點，那是離我不遠的一家鄉村中學，有五十幾個教室，每個教室大概至少有四五十人。各鄉來參加考試的，人山人海紛紛來到考場。一到門口，帶紅袖章的民兵模樣的人擋住我，我給他看了公社證明後，似乎還不能說服他。這時，一位來監考的老師過來門口，他看了我的證明就對那位管門的人說：「就讓他進去吧，今天來這麼多人，估計沒一個能考上的，你就都放他們進去吧。」就這樣，他就放我進去了！

考試進行了三天，每半天一次，總共六次。每個人都考得很差，不少人交了白卷。到第三天，來考的人少了很多，整個考場冷清清的，不像第一天像趕集的樣子。我自己也整天糊裏糊塗，有很多題目也不知道怎麼答。

又過了一個月，公社裏通知，每個參加考試的人都要去填寫大學志願。我想，這倒奇了！還問你要去哪個大學？世界上居然有這樣的好事？讓我去哪兒都很好啊，只要有書讀，什麼地方都行！等我到公社時，那裏已有很多人了，人家都不信這是真的。我就隨手拿來一份當地的報紙，把列在那裏的第一、第二和第三個學校填入了自己的第一、二、三志願。我後邊的一群農友們看到了，對我說：「乾脆你幫大夥填好算了，我們自己寫上姓名號碼。」就這樣，我就幫他們填，胡亂地填，每張表格上也會變動一下。不是為什麼，只是覺得這樣交上去會看起來好一點，很像抄別人作業時會稍稍改動一下，如果完全一樣，怕老師發現，會看得出來。

大概已到冬天了，有個朋友告訴我，「你可能已經考上了！」我第二天就去縣城，城裏人都在議論此事，他們告訴我，縣裏百貨商店大樓的牆壁上貼著名單。等我到了百貨大樓時，天已傍晚，又下著滂沱大雨，我在雨中看到有幾張很大的大字報貼在牆上，因為下雨，上面部分的紙張已經脫落，捲著掛下來了。急急地找著我的名字，沒有找到，心想，大概人家搞錯了。第二天，路上碰到一位鄰居，他說他親眼看見我的名字，在第一行的。我又跑回去看，還是沒有找到我的名字。但大字報的上邊捲著，那掛下來的部分什麼也看不到，如果我的名字是在第一行，那可能是看不到的。所以我始終沒在榜上看見我的名字。

三天後，縣裏有人打電話通知我，說是被第一志願錄取了。當我知道這是真的消息時，我第一想到的不是自己，而是，這下糟糕了！我幫那批農友所填的志願都是連我自己都不知道的學校！後來才知道，那批人中沒有一個人考上，所以填對填錯都不重要了。

我就是這麼「擠」上大學這趟列車的。

人的一生其實沒有成功與失敗，只有「擠上」還是「擠不上」火車之別。這個世界無論生活還是工作，其實都是在趕火車，有時擠上了，有時沒擠上。

高考上大學、參加比賽、找到好工作、升職加薪都是擠火車，甚至交到一位好朋友，買到一間合適的房子，也是擠火車。當我們擠上了，慶幸之餘，應感激那些幫我們、「托」我們擠上火車的人，不應自負。我們今天擠上了，明天還可能有擠不上的時候，擠上了，還有下車的時候。如果有可能儘量去拉一把沒有擠上火車的兄弟，就像那些曾幫助我們擠上火車的人。

當我們沒有擠上火車的時候，也不妨坐一坐，歇一歇，對自己說，還會有下　列火車的，自尊自重，只要我們的夢想還活著，只要有足夠的勇氣和毅力，我們一定有擠上火車的那一天。

人的一生都是在擠火車，人們常常在意一次擠火車的成功與否，而對擠一輩子火車這件事準備不足。然而，擠火車是一輩子的事業，我們每天都將在路上，在火車上，都在跟著呼嘯的列車前行。

共享

我們的時代，
物質極大豐富，
但人與人之間的感情
卻日益淡薄。
今天的世界裏，
「溫暖」是最稀缺的，
「溫暖」的共享顯得
越來越珍貴。

前幾個月，我去上海出差，朋友來酒店邀我一起吃飯，飯館離得不遠，朋友說不如大家都不開車，騎單車去吃飯吧。我說：「好啊！哪裏能租到幾輛車呢？」他說：「那還不容易，就用共享單車吧。」說著，我們已走到馬路旁，那兒停著許多橘黃色的自行車，用手機一照密碼，立即就可以騎了。我們騎著自行車，穿過大街小巷，快活得不得了，就像是回到了童年時光。

那次之後，我才發現原來這個共享單車已經風靡全國，所到之處都能看到各色鮮艷的自行車，著實是風光一時。「共享單車」是一種很好的方式，一來是資源共享，方便使用；二來是節能環保，保護地球；三來是鍛煉身體，有益健康。共享這個概念，真是美妙。既然單車可以共享，為什麼我們不能共享其他東西呢？圖書？衣服？鞋帽？雨傘和扇子？食物？我們生活和工作上的許多東西都可以共享。所以，我們又可以想像，如果有一天我們去另一個城市旅行，不用帶重重的行李，不用接受機場的反覆檢查，可以隻身一人到酒店，共享那裏的資源，那該多好！

回想起我們讀書的那個年代，如果有共享那該有多好。我去美國讀書的時候，市場上剛有帶輪子的箱子，我在上海買了一隻大箱子，因為要帶的行李太多，箱子裝得又滿又重，還沒有到機場，四隻輪子就變作三隻了，而三隻輪子的箱子只能用手提了……真是很重！終於上了飛機，到了美國，過境時，海關的檢察官看著我的三隻輪子的大箱子感到有點奇怪，就大聲叫我過來要開箱檢查。箱子一打開，中間赫然躺著一把菜刀！那位檢察官大吃一驚，旁邊也很快走過來其他幾位檢察官，他們問我：「你來美國是幹什麼的？！」、「來讀書的。」、「帶刀來讀書嗎？」我回答道：「那刀是菜刀，是用來做飯的。」檢察官似乎並不相信，說：「刀，可以切菜，也可以殺人，對不對？」我只好沉默了。他們就繼續翻我的大箱子，把所有東西都翻了個遍，最後在箱底發現了一隻鍋，還是那種樣式古老的圓底的用了很久的深黑色的鍋。這下子，那位檢察官開始意識到我大概說的是真的了，他盯著我看了一陣子，最後笑笑說道：「你去吧，祝你讀書做飯順利！」

我一到住處，就趕忙要去買一個鍋蓋，因為鍋沒有蓋子就燒不了菜。別人告訴了我一家比較便宜的雜貨店在黑人區，當我找到鍋蓋從店裏出來時，天已經完全黑了，一群黑人圍住了我，在黑漆漆的街道裏被一群黑漆漆的人包圍著，我就像動物園裏的動物一樣被他們四下打量，我也不知道他們想要幹什麼，但心裏很不是滋味。大概過了五分鐘，他們才放我離開，我立刻拔腿就走，匆匆趕回住處，一路上心裏都在嘟囔：「這個該死的鍋蓋！」

現在回想起來，如果當時有共享的話，我就不必那麼麻煩，不用帶菜刀和鍋子，也不用去買這個該死的鍋蓋。人生就是這樣，只有當我們經過那麼多麻煩和苦痛之後，才會感恩今天這個時代所提供的便利與豐足。

共享時代的本質是把原本屬於個人的資源集中起來按一定的規則交於社會，由社會來管理共享。人類社會的發展就是這麼一步一步走過來的。在遠古時期，萬物都是共享的，後來，物質多起來了，私人擁有的慾望隨之增加，土地、牛羊和奴隸都屬於個人，私人空間隨之增大。然而，隨著人類文明的發展，資源交換的加快，吃米飯的不用去耕田，穿皮鞋的無需去養牛，私人空間的資源又逐漸轉移到社會共享空間中去，社會共享空間增大。我們可以想像，當物質相當豐富之後，人類社會會再度走向萬物共享的時代。

共享空間中的資源越來越多，這本來是件好事。但如果人類還沒有學會如何共享，完全有可能把這些資源給糟蹋了。所以，共享時代對人類是一種新的挑戰。這很像以前每個人只要管好一桶水，你帶回家，保護好，與家人分享就行了。但現在不是這樣，現在是大家共享一條河的水！你如果還是以一桶水的概念，來保護好自己的水，那是不行的。現在需要學會如何分享這條河。這就需要有公德心，不能隨意弄髒河水。不僅自己不行，而且別人也不能這麼做。如果人家不聽你的怎麼辦呢？那我們就要有本領來制訂規矩，互相約束。共享社會需要規矩，也需要愛。

總之，共享時代需要人有三種意識：第一是「共享意識」，你的是我的，我的也是你的，互相共享，而不能說，你的是我的，我的不是你的。第二是「服務意識」，所有東西都是共享的，所以「你」也是共享的，你被人共享，你也可以共享別人，這樣就需要很強的服務意識。我們每個人活在世上，都在為別人服務，只有這樣才能心安理得地享用別人的服務。第三是「學習意識」，因為要與不同的人共享與服務，這使得我們每個人需要不停地學習，同時，因為共享對象的不斷變化，我們學習的內容和範疇也隨之不同。

既然物質世界可以共享，那精神世界能不能共享呢？我們的時代，物質極大豐富，但人與人之間的感情卻日益淡薄。今天的世界裏，「溫暖」是最稀缺的，「溫暖」的共享顯得越來越珍貴。我希望有一天，如下的溫暖共享的場景能夠成為現實：如果你是一個孩子，無論你走到哪個城市都能找到「共享父母」；如果你是一個老人，無論你走到哪個城市都能有一雙「共享兒女」；如果你是一個學生，無論走到哪個城市都能有當地的「共享家長」……

我在美國讀書的時候確實有過類似的經歷。到學校報到的當天，我聽說有一對美國老夫婦正在尋找一位外國學生，提供「Host Family」，我打電話過去，他們馬上就來了，是一對中學教師，也是我們這個學校的畢業生，又是當地居民。在接下來的幾年中，他們待我就像我的父母親一般無微不至，我有什麼困難，他們都會過來幫我解決，我對美國文化的了解就是從他們那裏開始的。在異國他鄉能夠得到這種溫暖，真是太珍貴了。有一次，在一個雨夜，我的車壞了，周圍也找不到修車的地方，我只好打電話給他們，他們就立即帶著修車工具過來幫忙，那時已經接近午夜，大雨滂沱，兩位老人幫我修好了車還得開一個小時的車回家。又有一次，我生病了，他們得知後特地縮短了在法國的假期，從機場直奔過來看我，女主人還帶給我一支長柄的棒棒糖，完全是把我當孩子一般看待了，糖還未吃，心裏已經甜了！

今年【一】五月，我又重回費城。故地重遊，一幢幢樓房仍在，一條條街道依舊，一路上就像看了場老電影，只是電影裏的人物不見了，昔日的「共享父母」是再也見不到了。不過，他們曾經給我的溫暖已留在這座城市的角角落落，至今仍帶給我深深的感動。

【一】編者按：本文作於二〇一七年。

無中生有

「無」的力量不在於征服別人，而在於克制自己。只有當你有了「無」的境界，你才會謙卑，才會敬畏，才會虛懷，才會有前進的動力。

每年夏天的高考像是打仗一樣，幾天之間就決定了一個人的命運，幾家歡喜幾家愁，雖然事實上並非那麼嚴重，但社會意識就是如此，高考錄取之後，總有兩件事情常讓我感觸頗深。

一種情況是有考生考得不理想，有的儘管分數不錯，但沒有被心儀的大學錄取，也感到是失敗了。但考試與錄取都是有概率的，從理性上講，大家都明白，但到了個人，心裏總不好受，覺得人生的道路渺然無望，對自己失卻信心，有的甚至自暴自棄，嚴重到跳樓臥軌的都有。

另一種情況是考生考得很理想，取得了高分，學校、家長、社會紛紛表彰讚揚。這本來是件好事，但因為考得好，分數高，無論錄取到哪個學校，哪個專業，都會和比自己分數低的同學一起上學，這下可不得了，心裏感到很不平：「我怎麼可以同這麼差的同學一起上課呢？」有的同學就這麼同我說，甚至由此而提出退學，不願與低分同學為伍。

以上兩類同學表面上似乎不同，其實質是一樣的，就是放不下。自己這顆心還停留在昨天的日子裏，放不下自己的得失。就像一隻木桶一樣，裏面裝滿了水，已無法裝新的水。

有智慧的人，一般每逢一事都會集中精力，全力以赴，但完成之後，則會趕緊把它「忘掉」。如果有成績，稍微高興一下之餘，就應立即放下，過度欣喜或長時間的自我陶醉，都不健康。如果做得不理想，甚至犯了一些錯誤，也要立即放下，不必再去千思萬想，也不要去後悔，不要去內疚，過去的就讓它過去吧。過去的事，無論好壞都不用多想，因為想了也沒用。

這樣做的好處在哪裏呢？人，為什麼要學會「放下」呢？因為只有放下，才能「清空」自己，把自己置於「無」的位置，只有在「無」的狀態，我們才能重新出發。是的，放下很難，但是，如果我們不放下，之後的路可能更難走。蠶，只有脫繭才得以重生。人，只有脫胎才能夠換骨。如果我們要往前走，就必須放下過去的一切。

這讓我記起八十年代中國女排四連冠的故事。那是一個每個中國人都充滿了理想、充滿著奮鬥精神的年代，女排就是那個年代的代表。我記得當得了三連冠之後，面臨著第四次奪冠的考驗時，教練袁偉民對女排隊員們這樣講：「我們不是去守著這個冠軍，我們要忘掉我們曾經拿過的三次世界冠軍，清空自己，我們是來奪這個冠軍的，就像所有其他國家的代表隊一樣。」我聽了很受啟發。真的，任何東西，「守」是守不住的，但如果你能清空自己，把自己置於「無」的狀態，你就有動力去爭奪，去拚搏，去廝殺，你才有可能贏，也就是說「有」的狀態，只能通過「無」的境界來達到，所以我在這裏稱之為「無中生有」。

前幾年有一位香港做產業的朋友來找我聊天，帶來兩個兒子，兩兄弟都是剛從美國的大學畢業。我的這位朋友從事製造業已經幾十年了，同我講起他與他兄弟創業時的艱難，兩眼婆娑，接著說：「現在我們要守業，其實更難。成本越來越高，人工越來越高，利潤越來越少。」意思是想讓這兩個兒子來接他的班，守住這份家業，讓我幫助他們。我也不知道說什麼話，我也不是家庭產業繼承方面的專家，但是想了一想之後，我還是同他說，創業難，守業更難，所有企業都是如此。然而，如果我們能換個思維，你們兩位年輕人不是來幫父親守住這個產業，而是來創業的，情況可能就不一樣，就會有更多的激情和動力，就會從現在這個時代出發來規劃，不僅能守住家業，或許還能有更大的發展。你看，亞馬遜的老闆貝索斯有個習慣，他有幾十幢樓分佈在西雅圖市中心，只要他在哪幢樓辦公，那幢樓就被命名為「Day 1」，這是一種清空自己、使自己保持創業第一天的心態，只有這樣，亞馬遜才能持續保持創新的精神。

人生的「有」與「無」，就像遠處的山巒，有時高，有時低，起伏不定。也像手中的橡皮筋，有時緊，有時鬆，一張一弛。人不可能永遠「有」，也不可能永遠「無」，任何東西不會永遠「有」，也不會永遠「無」。人的一生就是從無到有，又從有到無的過程。

中國傳統文化中的禪宗與道家就是非常講究「無」的，許多有修為的出家人都很懂。有一次，我與一位朋友去杭州的一家寺院，那個寺院的方丈以前認識，看到我們來了就立即去他臥室取來一塊珍藏了幾十年的普洱茶餅，要給我們沏茶，我連忙說：「我倆都不喝茶，也不懂茶道，不要浪費這種珍貴的茶葉。」方丈說：「我心裏已經『有』了這個茶餅，所以我一定要把它喝了，才能到『無』的狀態，從『無』的狀態，才能再達到『有』。」那天，我們聊了很多有關「有無」的感悟。我同去的那位朋友是個炒股票的高手，他說：「我炒股票的幾十年最重要的經驗就是要做到『手中有股，心中無股』，因為如果像大多數人那樣，一買股票，心中就有股，一心想著它往上漲，你所有的判斷就可能不正確了。只有當你心中無股，你的思想才是清楚的，判斷才是正確的。」他的話有道理，不僅買股票，好像買房子也是這樣，你買了房子之後的判斷有時會與沒有買房子時不一樣。所以，放空自己，是何等重要。「無」是一種境界，「心中無股」這與手中有沒有股票沒有關係，人要有這樣的思想境界，處事就不會亂，決策就不會錯。

《莊子》是一本講述許多有關「有」與「無」的概念的書。比如說，在《庚桑楚》中他講到「正則靜，靜則明，明則虛，虛則無為而無不為也」，人的心正了，才會安靜下來，靜下來之後才有可能產生「明」，這裏的「明」是指智慧，而智慧的表象是「虛」，越是光明，心中越是空空如也。「虛」就是「放空自己」，把自己置於「無」的狀態，就是「置零」。只有到了這個狀態，人才能「無為而無不為」，此時的精神狀態是明察秋毫，判斷決策都處於最佳狀態。就像你把你的胃「清空」了，什麼東西都可以吃，吃進去什麼東西都很香。反之，如果你沒把你的舌頭「清空」，舌頭先吃了很多麻辣味重的東西，你的舌頭會處於「無味」的狀態，吃什麼都不行，也無法有一個正確的判斷。

為什麼一定要清空自己呢？因為不清空自己你就會有所執著，猶如生根不動，無法隨時隨地往返自在，領悟此時此地的真正要義，作出自己正確的判斷。《金剛經》有一句名言「應無所住而生其心」，我的粗淺的理解也是如此，只有當你有「無住心」，或者說當你處在心清空了，不執著、不糾纏、不貪戀的狀態下，你的悟心才能開始「生」。

「無」的力量不在於征服別人，而在於克制自己。只有當你有了「無」的境界，你才會謙卑，才會敬畏，才會虛懷，才會有前進的動力。也只有在「無」的境界下，你才不怕失去，不會貪戀，才會有進擊的勇氣。所以「無」的心境是成事的第一步。

小時候，聽祖母講過一個故事，從前有個老和尚總是在橋上找人聊天，當人有怨氣有委曲時，他就把背上的布袋拿下來，打開口，對人講：「你說吧，我把你的氣、你的委曲都裝在布袋裏，說完你就好了，氣就消了。」等人說完了以後，他就把布袋背上走了。我半知不解地問祖母：「那袋裏都是空氣吧？」祖母說：「不是的，袋裏很沉，對他說的人愈多，袋裏愈沉。」我又問：「那太重了，他背不動，怎麼辦？」祖母說：「老和尚有辦法，他每過了橋，就把口袋打開，把過去所有的怨氣全都放掉，清空了後，再去另一座橋找人聊天。」

人生的「有無」也是這樣，當我們結束一段工作，完成一項研究，畫完一幅畫，就應該像老和尚那樣，放空自己，把自己置零，只有這樣，我們才能輕裝上陣，趕赴下一座橋。每天清晨，把自己的心打掃得像一間清空的、敞亮的小屋，以喜悅的心情迎接從窗口進來的第一縷陽光，朝氣勃勃地開始新一天的生活。

吃飯的時候吃飯，讀書的時候讀書

其實，世界上大多美好的東西都是慢慢來的。

花，是一朵一朵地開，然後一瓣一瓣地落。

人生也是一樣，要慢慢地走。

到明年【一】夏天，祖母就已經離開我們三十年了！這一算竟讓人有點不敢相信，明明祖母彷彿還在我們身邊，或者說，才剛剛離開我們……前一陣子，晚上經常夢見祖母，家裏人說，可能是春天的緣故，春天夢多。但現在已是秋天了，怎麼夢還是這麼多呢？

夢裏的事，醒來多半忘卻了，但有的夢卻很清晰，清晰得好像真的發生過一樣。前兩天又做了一個關於祖母的夢，到現在還清楚地記得。

我好像在家鄉的舊居，在堂前的小圓桌上吃午飯，右側身後站著祖母。她還是穿著那件黑色的綢衫，手裏拿著一把芭蕉扇，大大的芭蕉扇邊上縫著一圈白色的布邊，保護扇子不至於很快破損。祖母一邊給我打扇，一邊說：「吃飯的時候吃飯，讀書的時候讀書。」原來，我一邊在吃飯，一邊在飯桌上攤開了一本書在看。祖母的聲容依舊是那麼慈祥，從不強迫你一定要按她說的去做，我依然在那裏吃飯看書。又過了一會兒，我把書合上，祖母輕輕地把書取走了，放在她身後的八仙桌上……又過了一陣，夢就醒了，恍惚中不知祖母究竟還在不在……

早上起床以後，這個夢依舊很清晰。夢中的情狀是很熟悉的，祖母的那句話也聽過很

【一】編者按：本文作於二〇一一年。

多遍，現在回想起那些事情，覺得既遙遠，又那麼觸手可及，彷彿很近很近……小時候家裏的條件並不好，祖母是我接觸最多的人，很多習慣都經她言傳身教而來。

那天，我一邊吃早餐一邊想著夢中她這句話，「吃飯的時候吃飯，讀書的時候讀書。」想著想著，發覺這句話看似平常，其實並不簡單。人的一生，如果真的能夠按照這句話去做，不僅會簡單得多、純粹得多、快樂得多，而且取得成功的可能性也會大一點。

這句話的第一層意思是說：凡事貴在專心。我常常在校園裏看見同學們邊走路邊看手機，在食堂裏見到同學們邊吃飯邊看手機，如果我離得比較近，我會提醒他們，雖然起不到什麼作用，但還是忍不住要說。其實，我們在用餐的時候，為什麼不能專心品味飯桌上的美味？在外邊散步的時候，為什麼不能專心欣賞身邊的風景？人是思想的動物，你把思想寄託在哪裏，你就能成就在哪裏，當你同時在想很多事情時，你就分心了。你那盞燈的光，就弱了，就霧了！學習上，工作上，也是如此。你一定要心有所定，專注做事，真正成功的人，其實可能與一般人差不多，只是具有匯聚「光源」的本事，凡事能專注罷了。

我在美國時聽過一位很有名的大公司的總裁的講話，當有人問他，怎麼會幹得如此出色？他說：「其實我並沒有像人家所想的那麼聰明，那麼能幹，甚至那麼勤快。只是每做一個項目時，我都會把自己全部的精力想像成一桶水，把那個新項目想像成一隻瓶子，我會把自己這桶水全部倒入這隻瓶子裏，一滴不剩。這樣我會無比開心地欣賞這隻瓶子，因為這隻瓶子就是我的生命，我無比熱愛這隻瓶子，到最後，這隻瓶子會一點點變得越來越美好，越來越完美。」

這句話的第二層意思是說：凡事要一件一件地去做，做完一件事，再做第二件事。這句話說來容易，但我們很少能做得到。日本有兩位很有名的禪師都叫鈴木，一位叫鈴木俊隆，一位叫鈴木大拙。他們兩位的書我都看過幾本，我記得有一本書上講到這麼一個故事（我已經記不清是哪個鈴木了），禪師年輕的時候在一家寺院修行，老禪師要他把木窗上的排板上好。日本的木窗很像我們南方一帶的店門門板，我在烏鎮和成都的寬窄巷子都看到過很多，我小時候家鄉的店門也多是這個樣子的，早上把店門門板一塊塊卸下來，搬進屋內，傍晚打烊的時候再把門板拿出來，一塊塊裝上去，我們家鄉管這叫「落排門」、「上排門」。當老禪師要他上排門的時候，他就把幾塊長長的排門合併在一起，扛到窗前，再一塊塊裝上去。老禪師看到後嚴厲地對他說，把排門扛回去，你要扛一塊排門到窗前，裝好後，再去扛第二塊，這樣一塊一塊地扛，一塊一塊地裝。只有這樣才叫「修行」。小禪師剛開始不甚理解，覺得效率太低，但他每天還是這樣奉行，做著做著漸漸感悟到了「修行」的真意了。修行是什麼？修行就是認真地把一件事情做好，全身心投入這件事，完全做好之後，再開始去做第二件事。這種做事的態度與習慣，對我們每天的工作生活都很重要。

這句話的第三層意思是說：凡事要串聯地去做，不能並聯地去做。平時做事要一件一件有序地去做，在人生規劃中，要注意做好當下的本職工作，古人講「君子素其位而行」。我們身邊常常有許多優秀的人才，聰明能幹，精力旺盛，可一旦機會多了起來，身兼數職，總想同時實現功名利祿，結果常常不盡如人意。

有位美國朋友，早年學問做得很好，是位出色的研究科學家，後來去了一家全球大公司當主管，也做得風生水起，再後來，他又去做了一家餐館的主廚，還出版了一本菜譜，很多人都說他做的菜太好吃了！我覺得這樣的人生就是「串聯」型人生的典範。

把人生串聯起來，人就活得簡單了起來。

生活一簡單，人就會快活，這是因為你的內心世界變得簡單了。大千世界，其實就是你內心世界的倒影！你的心裏簡單，世界就簡單。你的心裏寧靜，世界就寧靜。你的心裏充滿陽光，世界就充滿陽光。

這句話的第四層意思是說：凡事不宜操之過急，不宜過分求快。前面講的人們總想把事情「並聯」地去做，究其原因，還是因為大家希望做得「快」一點。現代人的工作、生活節奏快，每個人的心都很急，網絡世界更使得每個人的生活都被動地受人操控，操縱得每個人都行色匆匆。著急做事的結果常常是把事情搞錯，急事急辦，尤其是在同時處理好幾件事的情況下，失誤在所難免。當然，處事要抓緊，抓而不緊，等於不抓。所以，急事要緩辦，緩事要急辦，遇急事要緩，遇大事要靜。

現代人所追求的「快」，有時真的應該好好想一想。有一次，我與一位植物學家閒聊，我說，我的感覺是，農業可能應該追求「穩產」，慢慢地增長，而不是「高產」，這樣搞得很多東西大家都不敢吃，他完全同意。其實，世界上大多美好的東西都是慢慢來的。花，是一朵一朵地開，然後一瓣一瓣地落。人生也是一樣，要慢慢地走。路上珍貴的東西，要慢慢地品嚐。碰到的人，要慢慢地交朋友、談戀愛。不急，才能長久！

其實，祖母這句話，說到底是一個人生態度問題，它告訴我們，要認真地去做每一件事，要善始善終。古人講，「靡不有初，鮮克有終」，全身心投入，把每件事都做好，這或許就叫圓滿。人生的圓滿，在我看來，比在一個特定事情上的出彩更重要！

這麼說來，我真的要感謝祖母的這句話了！每次回憶起她的那些老話都會得到新的啟迪。這個夢，就像一隻吸管，使我又有機會喝到了祖母那杯香甜的奶茶！我常常想，夢裏的這些靈感，好像是祖母跟我說的悄悄話，可惜的是，祖母也許太忙了，只是偶爾跟我說一下。

從前我離開家鄉，祖母對我說，男子漢大丈夫要跑碼頭，看遍世界。那時候，世界對我來說是那麼遙遠！今天，我走遍了世界，看遍了人間煙火，回頭再看看家鄉，發覺家鄉卻是那麼遙遠……然而，在那遙遠的朦朧中，我依稀能看到那道熟悉的光，在一直照著我向前，越過雲層，飛向太陽的方向。

哪些人AI很難替代

我們的心，就像汪洋大海裏的航船，手腳和腦力就像駕駛船的技巧，在大風大浪裏遠航，千萬不要忘記，船本身遠比駕船的技巧要重要得多。

這陣子，人工智能（AI, Artificial Intelligence）又一次成了熱門話題，主要是由ChatGPT引起的潮流，一時風起雲湧。ChatGPT是一種劃時代意義的里程碑，對全世界的各行各業帶來了巨大的挑戰和機遇，然而，大多數的恐慌主要來自人類的AI進展到底會替代什麼樣的工作和人群。職業如果保不住，飯碗就沒了，對教育的衝擊更大，英語老師不能佈置寫作的作業，物理老師出的題目幾乎都能找到答案，心理學科的問題AI回答得可能比老師還要強……

ChatGPT剛問世，一位理工學院的年輕教授立即給我發了一條微信，告訴我多年以前，我的講座中強調的觀點「不幸」被言中了，我當時的觀點是，AI如果有一天要代替人類的話，我認為是從代替「白領」開始的，而不是代替「藍領」。因為當時大多數人擔心的是「藍領」工作要被替代了。媽媽教育孩子，要好好讀書，學點知識，否則做農民都做不了，現在農民都要被機器人替代了。這下好了！ChatGPT正好是從自然語言處理中突破的，語言與文本處理是強項，所以一般白領的大部分工作能夠在極短的時間裏完成，而且做得更為仔細，更為完整，更為豐富。

為什麼AI會先替代「白領」的工作呢？一個原因是AI的強項是利用現有的網絡、數據、資料、知識，所以它會比一般人類的記憶、邏輯、分析、綜合能力要強，如果它能夠突破與人交互的界面（語言也是一種界面），那這種能力不僅會超過人類，而且還會超過幾萬倍。另一個原因是AI代替「藍領」其實是很難的，工業機器人已經問世半個多世紀，在製造業發揮了很大的作用，這是因為製造業需要的是重複工序的速度、精度、效率，這正是機器人的強項，但是，一般的服務業的「藍領」工作，大多與「技能（skill）」有關，一方面AI比較難學，一方面這些工作都比較「雜」。你看看，在北方澡堂，一個搓背師傅要做多少件事，不僅搓背，還要清理、服侍、換水等等，更重要的事要「對付」很多人，這種「交互（interaction）」，對AI來說非常困難，遠比在網上一問一答的交互難得多。所以，AI替代「白領」理論上比替代「藍領」要來得容易。

這裏還有一個經濟學的考慮，做一個機器人替代「白領」，一般來說，會比替代「藍領」要划算。比如說，你造一個機器人，採摘蘋果，替代摘蘋果的農民，這台機器人的效率能頂多少個農民？即使能替代十個農民，它的價格一般會遠遠大於十個農民的工資。而「白領」的工資一般會高一些，造一台替代「白領」工作的機器人的造價也會便宜一點，所以從經濟學上考慮，人工智能替代「白領」會比替代「藍領」要划算得多。

當然，「白領」、「藍領」是一個大類，也要看什麼工作，要看這些工作需要人的什麼樣的特徵、稟賦、才能和素質。這恰恰是我們應該從現在開始認真思考的問題。這個思考決定了人類在人工智能時代的教育模式應該做怎樣的修正，決定了我們應該培養什麼樣的人，也決定了人工智能最後往哪裏走的問題。

首先，我想說，在這個世界上，無論處於哪個時代，哪個國家，人類在社會上的結構層次基本上是一個正三角形，少數人高層一點，所謂「精英階層」，在頂上；中間是龐大的中層階層；最低部分是大多數的底層。這個正三角形對社會結構是如此，對經濟貧富、智能才幹、文化程度大概也是如此。

另一方面，社會總是在向前漸漸演進的，如何來表徵「演進」呢？那就是社會的分工會發生變化更替，有些職業就會自動地被替代掉了。所以，一百年前社會上有的一些職業，現在已經見不到了。我的老家在浙江紹興，小時候曾經問過祖母，從前的紹興人主要是做什麼的？她說紹興人有兩大職業，一是做「錫箔」，錫箔就是用錫做的紙，唸了佛之後作為祭祀焚化用的紙錢；二是做「師爺」，就是為各類官仕做高級參謀，從縣衙門到皇宮都有，明清時代有所謂「無紹不衙門」，就是說，沒有紹興人，政府都辦不起來。你看看，這兩種職業現在都消失得一乾二淨。可以想像，一百年之後，我們現在的許多職業也會消失了，這是完全正常的，哪個社會都是如此，不用恐懼。人工智能時代一定會替換一大批職業，同時也一定會有一批新的職業登台亮相。

然而，有意思的是，人工智能大概會更換哪些職業呢？網上已經議論紛紛了！從前面講的延伸下來，我想說的是，職業更換大有可能發生在上面講的三角形的「中部」，從歷史上講，更換替代都是從「中部」開始的，人工智能時代也是如此。為什麼呢？頂部的，你很難替代，做不出來；底部的，你又不願意，或者不值得（不划算）來替代它。所以，最有可能的是把中部的那些階層所涵蓋的職業給替換了！

當然，這是籠統的說法，事物還是要看具體的情況與發展，拋開職業不管，每種職業所需要的人的素質是不一樣的，就人的素質而言，哪些人AI是很難替代的呢？AI是一種機器智能，從理論上講是通過大量的數據統計合成的一種智能，是對過去的無數人的實踐的一種總結，所以我想至少有以下三種人，AI可能會比較難替代：

第一種人：情商高的人。情商是人性的一個側面，因為現代教育忽視了這部分，它變得越來越稀缺，機器智能會有一些情商，但因為是統計的結果，會停留在「平均」的意義上，做個「心理導師」還可以，做「情人」那種高度私人的情感是很難的，有高情商的人以及他們所從事的工作是不怕被AI替代的。

第二種人：創新意識強的人。創新，或者說，好奇心，對新的思想，新的主意，新的設計的嚮往，使我們每天充滿創新的動力，習慣於獨立思考，並有強的意念和執行力。這種人將是機器智能的「剋星」，因為機器智能從本質上是對過去「舊」的東西的整理與綜合。

第三種人：有勇氣的人。有勇氣敢於探索的人，一直在思考前邊的路，這些路在很多情況下，是沒有什麼人走過的，所以，機器智能幫不了忙。「大智大勇」是我國文化博大精深的一部分，現在很多人忘了！「智」是可以學的，「勇」很難，要從小培養。

當然，你還可以寫出更多，我列出這幾種人的原因，只是想說，如果我們能夠牢牢地站在「人性」的立場上，是不用懼怕AI的。我們大可不必擔憂AI，我們不要擔心機器愈來愈像人，我們要擔心的是，人愈來愈像機器。

有一位中學老師曾經問過我，「你覺得現在培養出來的學生比五十年前培養出來的學生更聰明、更有智慧嗎？」我回答不出來，之後我自己思考，我能夠回答的是，現在培養出來的學生比五十年前的學生更像機器。應試能力、記憶能力、運算速度……一步一步地向機器靠近，然而，所有這些努力與AI相比，都將是小巫見大巫，望塵莫及……所以，我們得停下來，看一看，我們拚命努力的方向是不是對的。

作為一個教育工作者，我們要問問自己，傳授知識是不是我們僅有的使命，我們是不是應該花點精力在學生的情感教育上面。我幾年來一直有與同學們散步、爬山或者種菜的習慣，我所接觸到的同學中多數人對我說，「我從來沒有愛過一個人，我從來不知道曾經愛過什麼，不知道為什麼要愛，不知道愛究竟是什麼？」他們站在我面前，是那麼近，但又覺得那麼遠。他們都很聰明，聰明得可以做「奧數」題目，但心智又那麼脆弱，脆弱得可以因為一個教室裏的座位而去輕生。

AI可以替代，或者說幫助我們的手腳，做體力勞動；也可以替代或幫助我們的頭腦，做很多腦力工作。但它替代不了，也幫助不了我們的「心」，心靈的事，要靠我們自己，心念，可以是光明，也可以是黑暗，可以是美，也可以是醜。我們的心，就像汪洋大海裏的航船，手腳和腦力就像駕駛船的技巧，在大風大浪裏遠航，千萬不要忘記，船本身遠比駕船的技巧要重要得多。

人生，到最後，無論是生活質量也好，工作成就也好，個人幸福也好，真正重要的是情感管理，不是記憶，不是邏輯，不是速度，甚至不是知識，那些AI都可以幫你，你也比不過AI，博學並不能給人智慧。

因此，如果我們的教育能夠真正地「以人為本」，如果我們能夠注重情感教育、藝術的涵養和想像力、創造性的訓練，我們完全可以無懼AI的來臨，相反，我們可以用它作為工具，真正造福人類社會和我們的子孫後代。

寫完這篇文章後，晚上我用 ChatGPT，讓它用「同樣的題目」來寫篇文章，下面是 ChatGPT 提供的答案，我覺得也很有意思，放在這裏一起給大家看一看。

雖然人工智能技術的發展越來越快，但是目前仍有一些人類所具備的技能和特質是很難被 AI 替代的。以下是一些例子：

一、創造力：創造力是人類獨有的能力，是從無到有地創造新的思想、藝術品、發明創新等的能力。儘管 AI 能夠模仿和生成很多東西，但是它們仍然缺乏真正的創造力，無法像人類一樣創造出全新的、原創的作品。

二、情感和情感智能：雖然 AI 可以模擬人類情感，但是它們缺乏真正的情感和情感智能。人類能夠感知、表達和理解情感，這種能力在人類之間的交流和互動中非常重要，而這是 AI 目前還難以做到的。

三、社交和人際關係：社交和人際關係是人類的天賦能力，它需要我們理解、推斷和適應人類的行為和動機，而這是 AI 目前還無法完全勝任的。在很多工作中，人類需要處理複雜的社交關係，比如談判、合作、領導等，這些都需要豐富的人類經驗和技能。

四、品德和道德判斷：AI 缺乏人類的良知和道德判斷能力。在很多情況下，人類需要考慮到道德和倫理問題，這需要具備正確的價值觀和道德標準。而 AI 是無法自主決定正確與否的，需要人類來為其設定道德和價值標準。

需要注意的是，隨著 AI 技術的不斷發展，這些限制也可能會逐漸消失或減弱。但是，人類獨有的能力和優勢也在不斷發展和壯大，我們需要在未來的發展中更好地發揮自己的優勢，與 AI 共同創造美好的未來。

把 AI 寫的文章，與我的文章對比一下，如果把我的文章作為「模板」一百分的話，AI 的文章至少可以打八十分。如果把它的文章作為「模板」一百分，那我的文章也就八十分左右。可見，AI 還是蠻厲害的。

剛在寫這篇文章時，聽到有的大學和中學已經宣佈警告學生，杜絕使用 ChatGPT。我個人認為，科學技術的發展，無論你認為是福音也好，是洪水猛獸也好，擋是擋不住的。鐵路開始修到四川時，有人號召大夥把鐵軌撬了，電開始用於倫敦街頭的路燈時，有人抗議認為夜裏的光只能是上帝給的，互聯網開始時，有人設置許許多多的障礙怕大家在網上看到不該看的東西，最後都擋住了嗎？

然而，對於學校教育，倒是一個可以好好思考如何做出修改的時機了！回歸以人為本，培養獨立思辨能力，情感管理能力和藝術涵養，提高學生的想像力，提問力和創造性，是應該走的方向。

責任編輯　郭　楊
書籍設計　吳冠曼
書籍排版　何秋雲

書　　名　生命的感悟：飛機上的蚊子
著　　者　徐揚生
插圖創作　徐揚生
出　　版　三聯書店（香港）有限公司
　　　　　香港北角英皇道四九九號北角工業大廈二十樓
　　　　　Joint Publishing (H.K.) Co., Ltd.
　　　　　20/F., North Point Industrial Building,
　　　　　499 King's Road, North Point, Hong Kong
香港發行　香港聯合書刊物流有限公司
　　　　　香港新界荃灣德士古道二二〇至二四八號十六樓
印　　刷　美雅印刷製本有限公司
　　　　　香港九龍觀塘榮業街六號四樓A室
版　　次　二〇二四年六月香港第一版第一次印刷
規　　格　三十二開（130 mm × 190 mm）二五六面
國際書號　ISBN 978-962-04-5427-1